사람들이 날 찾았니

사람들이 날 찾았니

서해문집 청소년문학 025

초판 1쇄 인쇄 2023년 5월 8일
초판 1쇄 발행 2023년 5월 15일

지은이　　양수산
펴낸이　　이영선
책임편집　차소영

편집　　　이일규 김선정 김문정 김종훈 이민재 김영아 이현정 차소영
디자인　　김회량 위수연
독자본부　김일신 정혜영 김연수 김민수 박정래 손미경 김동욱

펴낸곳 서해문집 | 출판등록 1989년 3월 16일(제406-2005-000047호)
주소 경기도 파주시 광인사길 217(파주출판도시)
전화 (031)955-7470 | 팩스 (031)955-7469
홈페이지 www.booksea.co.kr | 이메일 shmj21@hanmail.net

ⓒ양수산, 2023
ISBN　979-11-92988-10-8　43810

사람들이
날
찾았니

양수산 장편소설

서해문집

맨
발
로

수리아

(1월 8일)

나는 새벽이를 안고 뛰고, 반디는 새벽이 신발을 안고 뛴다. 여기서 대문까지 30미터. 노란 잔디와 잘 깎인 정원수들 사이로 우리는 달린다. 얼어붙은 판석 위를. 맨발로. 혹시라도 소리가 날까 봐 발뒤꿈치를 든 채, 우리는 도둑처럼 달린다. 나는 누구 것인지 모를 검은 스웨터에 츄리닝 바지. 새벽이는 도톰한 티셔츠에 노란 조끼, 쫄쫄이 바지. 반디는 오늘도 앞 단추가 달린 스웨터에 짧은 치마, 발목까지 오는 줄무늬 레깅스. 스웨터의 소복한 사각 주머니 안에는 잘 펴서 넣어둔 그림 종이들.

철통같은 대문 앞에 도착한다. 보는 것만으로도 우리를 압도하는 문. 보안 카메라가 눈을 부릅뜨고 지켜보는 문. 미끈한 자동차가 입장하고 퇴장할 때 예의 바르게 열리는 문. 그 문 왼쪽으로 작은 문이 나 있다. 자동 잠금장치와 수동 잠금장치가 함께 달린 문. 반디가 나를 본다. 나를 보는 그녀의 눈 속에 두려움과 용기, 나를 향한 신뢰가 담겨 있다. 반디를 보는 내 눈 속에도 그 세 가지가 담겨 있을 것이다. 우린 할 수 있어.

새벽이는 이 순간이 중요하다는 걸 안다. 이 낯선 상황에 대해 묻지 않는다. 칼바람에 아이의 눈까풀이 파르르 떨린다. 아이는 고개를 숙여 내 빗장뼈에 이마를 갖다 댄다. 나는 아이를 더 꽉 끌어안는다.

반디의 한 손이 잠금장치 위로 올라간다. 그녀의 앙상한 손가락이 동그란 손잡이에 닿는다. 반디와 내 눈이 만난다. 이제 여기를 나갈 거야. 약속이나 한 듯 우리는 뒤돌아본다. 우리 셋이 막 빠져나온 현관문. 그것만 보고 말아야 할 우리의 눈이 그보다 위쪽으로 올라간다. 우리는 얼어붙는다.

두성이 우리를 지켜보고 있다. 얼굴의 반을 가리는 검은 야구 모자, 그 위를 덮은 검은색 후드. 늘어져 있는 한쪽 팔 끝에서 담배 연기가 피어오른다. 다른 한 손은 바지 주머니 속에. 손끝에는 리모컨이 닿아 있을 터. 손가락 하나만 까딱하면 문을 열 수도, 잠글 수도 있다. 두성은 방에 있었던 게 아니었다. 그는 옥상 위에 있었다.

이렇게 끝나는 건가? 이렇게 원점으로 돌아가는 건가? 원점이 어디였지? 이곳에 발을 디딘 시점? 그게 언제였지?

두성

(1월 8일)

셋은 아니, 수리아에게 얼굴을 묻은 새벽이는 빼고, 둘은 안다. 그들의 계획이 무산됐다는 걸. 반디가 잠금장치를 열어도 내 리모컨이 곧바로 작동하리라는 걸.

저들은 이곳을 탈출하려 한다. 여기서 대로까지 2킬로미터. 대중교통이라곤 없는 곳. 부르지 않는 한 택시도 들어오지 않는 곳. 높고 엄격한 벽과 보안 카메라에 둘러싸인 저택들 사이로 벤츠나 BMW가 나른하게 오가는 곳. 외부인이라고 해야 빵나무 카페에 오는 사람들이 전부. 저들은 어디까지 갈 수 있을까? 새벽이를 안고, 외투도 없이, 맨발로. 1월 들어 가장 혹독한 추위가 몰려왔다는 오늘.

저들은 안다. 설사 문이 열려 나간다 해도 내게 붙잡히리라는 걸. 미동도 않고 저들은 나를 본다. 숨이나 쉬는 걸까? 유령이라도 보는 듯한 얼굴이다. 저들은 떨고 있다. 나를 보고 있는 것만으로도 저들은 떤다. 저들에게 나는 유령이다. 악마의 바람막이 유령.

나는 누군가를 떨게 했다. 나를 좋아하지 않는 누군가를. 나는 폭력을 썼고, 누구든 두렵지 않았고, 쩔쩔매는 누군가를 보면 안심이 되었다. 먼저 공격해야 당하지 않았다. 절박해서 그랬고, 기분에 따라 그랬고, 재미로 그랬다. 내세울 게 주먹밖에 없었다. 내게 주먹은 붙들고 살 무엇이었다. 나를 보고 누군가가 겁을 먹을 때 나는 안전함과 쾌감을 느꼈다.

주먹을 쓰지 않고도 떨게 할 수 있다는 걸 알았다. 유령으로 사는 것. 힘 있는 자 뒤에 서서 지켜보는 것. 그것만으로도 사람들은 떨었다. 누군가를 좌절시키는 것. 희망 따위 없는 거라고 말해주는 것. 절박한 누군가가 도움을 청할 때 조용히 보고만 있는 것. 절망하게 하는 것. 그것이 내 일이었다.

바람이 셋을 무지막지하게 흔든다. 어딜 간다는 거야? 바람에 휘청이며 저들은 말한다. 우린 갈 거야. 정말 갈 수 있을 거라고 생각해? 잡을 테면 잡아봐. 우린 갈 거야.

저들은 어디로 가려는 걸까?

호랑

(1월 8일)

하늘이 성큼 내려앉는다. 눈이 올 거다. 구름은 용의주도하게 대기를 살핀다. 언제 눈을 쏟아낼지. 나는 문득 감탄한다. 저 어두운 회색 구름이 품고 있는 것이 희고도 빛나는 얼음 결정체라는 사실에.

일기예보는 오후 늦게부터나 눈이 온다고 했다. 하지만 더일찍 올지 모른다. 바람이 연신 구름장을 흔들고 있으니. 저러다 문고리라도 튕겨 나오면 우르르 눈송이가 쏟아질지도. 뜬금없이 연어 알이 떠오른다. 초밥 위에 올라간 연어 알 말고, 하늘에서 쏟아지는 연어 알. 눈처럼 내리는 연어 알. 뭐 꼭 뜬금없기까지야. 어디선가는 분홍색 눈도 내린다던데. 사막의 모래가 바람에 떠밀려 눈과 섞이면 간혹 그런 일이 일어난다고 해. 주워들은 이야기다. 어쨌든 눈이 오면 추위는 한풀 꺾일 테다. 에취!

공깃돌이 쏟아진다. 재채기를 하다가 바구니를 엎었다. 탁자 아래 쭈그리고 앉아 공깃돌을 줍는다. 작고 반들반들한 회색 돌멩이들. 비슷비슷해 보여도 같은 모양이라곤 없다. 세상에 똑같은 눈송이가 없듯이, 세상에 똑같은 돌멩이도 없다. 저마다 단단하고 기특한 녀석들. 얼핏 보면 별생각 없어 보이는 녀석들이지만, 나는 녀석들의 동지들이 뭔가를 해냈을 거라 믿는다. 녀석들에게 말한다.

"너희들 임무는 여기까지."

검은색 하프 패딩을 입는다. 검은색 스판 바지도. 신축성이 좋은 얇은 장갑도 챙긴다. 날은 춥지만, 간편하고 활동적이게. 11월에나 맞는 옷차림이다. 일어났다 앉았다 해본다. 무릎을 접어 어깨높이로 올려본다. 거뜬하다. 내 나이 딱 50. 이 나이에 나만큼 유연성 있는 사람 있으면 나와보라고 해. 밖에 나가면 움츠러들긴 할 거다. 날이 워낙 추워야 말이지. 하지만 눈이 오면 추위도 누그러질 테다. 아니, 아니, 이런 말할 때가 아니지. 추위 운운할 때가 아니야. 오늘이 바로 디데이다. 2단계 작전 개시.

출근 전, 중산은 또 엄살을 부렸다. "정말 꼭 해야겠어?" 나는 말했다. "같은 말 반복해야겠어?" "범죄 행위란 거 알지?" "범죄가 이미 벌어진 거 알지?" "확실한 것도 아니잖아?" "우리 딸 걸고 말하는 거야." "어디다 대고 우리 딸을 걸어?" "수리아가 딸이라면 이러고 있겠어?" 한숨을 내쉬며 중산은 등을 돌렸다. 뒤통수에 대고 내가 말했다. "이따 봐." 그의 뒤통수는 침묵으로 응수했다. 이 일이 얼마나 내키지 않는지를. 하지만 그도 알 거다. 인생이란 선택의 연속이라는 것. 이번엔 이쪽을 선택해야 한다는 것. 모른 척할 수도 있다.

대가는 치르겠지만. 한평생 양심의 가책을 느끼는 것으로. 밥이 입에 들어가겠나.

5년 된 산타페에 올라탄다. 코가 시렵다. 손도 시렵다. 시동을 걸고 히터를 튼다. 엉덩이가 뜨듯해져올 때쯤 주차장을 빠져나온다. 대로로 나와 태민의 집으로 달린다. 거기서 중산의 퇴근 시간을 기다릴 거다. 중산이 올 때쯤이면 어둠이 내린다. 어둠이 내려야 미션도 시작된다. 긴장되지 않는 건 아니다. 하지만 내 이름은 백호랑이다. 이런 이름 갖고 새끼 고양이처럼 살 수야 없지 않은가. 가자, 산타페야. 에취!

가
족

수리아

5개월 전
(8월 17일)

나는 열일곱 살이다. 정확히 열일곱 살 하고 사 개월. 열일곱 살 사 개월인 내게 가족이 생겼다. 새 가족. 생각만으로도 누군가의 종양 덩어리가 되는 기분이다.

엄마는 나를 보내며 말했다. "너를 낳아준 아빠다." 나를 낳아준 아빠? 두 사람이 섹스하는 장면이 떠오른다. 기차는 달린다. 칙칙폭폭. 오막살이를 지나, 잘도 자는 아기를 지나, 기차는 달리고, 급행열차가 되고, 달리고 달려 종착지에 도착한다. 끼익. 예고도 없이 누군가의 가족이 된다.

내 최초의 날갯짓은 거기서 시작되었다. 그들의 종착역에서. 시작부터 을의 존재였으니 울음을 터뜨렸을 거다. 나를 들어 올리는 상대의 손을 믿어야 할지 말아야 할지 파악할 겨를도 없이 그들을 향해 두 팔을 내밀었을 거다. 안전과 공포, 신뢰와 불신을 번갈아 겪으며 나는 열일곱 살이 되었다.

그동안 배운 게 있다. 행복하지 않아도 불행한 건 아니라는 것. 불행한 것 같아도 완전히 불행한 건 아니라는 것. 내가 원하는 게 무언지 알 것 같을 때, 시간이 지나도 그게 변치 않을 때 버티는 힘이 생긴다는 것. 버티는 힘만 있다면, 계속 불행하지만은 않을 거라는.

엄마는 덧붙였다. "가서 행복하게 살아."

나는 실감한다. 이 세상의 모든 부모가 얼마나 어마어마한 파워를 가지고 있는지. 그들은 생명을 탄생시킬 수 있고, 키울 수 있고, 보낼 수 있고, 보내는 아이를 받을지 말지 결정할 수 있다. 그들에게는 이유가 있고, 아이에게는 복종이 있다.

엄마는 국가대표 펜싱 선수였다. 엄마에겐 빛나는 트로피와 메달이 있었다. 태극기가 달린 유니폼도 있었다. 동료 선수들이나 외국 선수들과 찍은 사진 속의 엄마는 자신감에 차 있었다. 엄마는 자신의 인생이 그쪽으로 쭉 가게 될 거라고 믿었다. 내가 엄마와 쭉 살게 될 거라고 믿었던 것처럼.

미래는 그러나 어떻게 달라질지 모른다. 가까운 미래든, 그보다 먼 미래든. 저녁 열 시에 친구들과 게임에서 만나기로 약속했는데 학원 선생님이 잡을 때. 그래서 학원에 남아 보충이라는 걸 해야 할 때. 그때의 빡침…… 하지만 그 정도야 넘어갈 수 있다. 더 비현실적인 경우도 있으니까. 학생들을 싣고 바다를 건너던 대형 여객선이 속수무책으로 침몰할 때. 그래서 조금 전까지 바다를 배경으로 셀카를 찍던 아이들이 검푸른 바닷속으로 속절없이 가라앉을 때. 그들은 그들의 미래가 그렇게 한순간 달라질 수 있을 거라고 생각이나 해보았을까?

나는 《빌리 서머스》를 읽고 있다. 두 권으로 이루어진 책의 1권이 끝나가는 중이다. 빌리는 저격수다. 악인들만 대상으로 한다. 어릴 적 그에게는 여동생이 있었다. 아홉 살이었고, 이름은 캐서린이었다. 그녀는 죽었다. 빌리가 열한 살 때였다. 엄마는 세탁소에 일하러 가고, 캐서린은 쿠키를 굽던 중이었다. 캐서린이 시간을 잘못 쟀다. 쿠키가 타고 말았다. 때마침 엄마의 남자친구가 왔다. 그는 부엌을 가득 채운 연기가 싫었다. 쿠키 탄내도 싫었다. 오븐을 열고 쿠키 시트를 꺼내려다 그는 손을 데고 말았다. 그때의 빡침……. 그는 그 자리에서 부츠 발로 캐서린을 밟아 죽였다. 잠시 후 쿠키를 먹을 계획이었던 남매의 미래는 그 순간 달라졌다. 쿠키 때문에.

엄마의 미래는 프랑스 전지훈련 중에 방향을 틀었다. 엄마는 발목을 다쳤고, 재활에 실패했다. 더 이상 국가대표로 뛸 수 없었다. 펜싱 선수로 살게 될 거라고 믿었던 엄마는 자수를 놓았다. 엄마는 자수를 잘 놓았다. 엄마는 웨딩드레스 업체에서 일했고, 실력을 인정받았다. 그러다가 유명 디자이너 업체로 스카우트되었다. 엄마는 거기서도 인정받았다. 일에 대한 엄마의 자부심은 대단했다. 그러나 스트레스도 많은 것 같았다. 늦게까지 일할 때가 많았고, 쇼가 있을 때는 밤새우는 일도 잦았다. 집에 오면 녹초가 되었다. 엄마는 짜증을 냈고, 피곤하다고 누웠고, 어떨 땐 내가 있는 것도 모르는 것 같았다.

언제부턴가 엄마의 말 한 마디 한 마디가 모질게 들렸다. 엄마는 나를 볼 때마다 치미는 감정을 삭이는 것 같았다. 엄마의 인생을 두고 비아냥거리기도 했다. "내 인생이 그렇지." "뭘 바래? 그때 다 끝난 건데." "내 주제에 성공은 무슨……." 엄마와 내 인생을 싸잡아 비하하기도 했다. "너나 나나 뭐 하는 거니?" "우리 왜 사니?" 나의 어떤 면이 엄마를 화나게 했을까? 말을 잘 안 하는 것? 혼자 책만 읽는 것? 사회성이 떨어지는 것? 엄마가 야단칠 때 빤히 쳐다보는 것? 짙어져가는 반항기? 아무리 그렇다 할지라도 부당하다는 생각이 들었다. 엄마는 모든 스트레스를 내게 퍼붓는 것 같았다.

엄마는 폭발하듯 분노를 터뜨렸다. 조짐이 있을 때도 있었고, 갑작스러울 때도 있었다. 엄마의 분노가 시작되면 나는 침묵했다. 엄마의 시작이 끝나기를 기다렸다. 나는 최대한 무감각해졌다. 그러다 보면 끝은 찾아왔다. 겁이 나긴 했다. 누군가 내게 어떤 쓰레기 같은 말을 해도 듣고만 있을 것 같아서였다. 누군가 내게 어떤 쓰레기 같은 짓을 해도 당하고만 있을 것 같아서였다. 나는 나 자신에게 말했다. 엄마니까 봐주는 거야. 엄마니까 봐주는 거라고. 다른 누군가가 그러면 절대 용납해선 안 돼. 그러다 보면 또 그런 생각이 들었다. 엄마는 왜 봐줘야 하는 거지?

습관적으로 나는 쿨한 척한다. 아무렇지 않은 척. 어떨 땐 정말 아무렇지 않은 것 같다. 괜찮은 것도 같다. 하지만 정말 괜찮은 걸까?

나는 괜찮지 않다. 나는 문득문득 슬프다. 슬플 때는 아무 생각도 하지 않는다. 슬프다는 생각밖에. 그런데 신기하게도, 슬픔은 내게 말을 건다. 위로를 건넨다. 내 옆에 있는 친구처럼. 나를 내내 보아온 친구. 슬픔은 나의 일부 같기도 하다. 내 옆구리처럼, 내 팔꿈치처럼.

엄마는 프랑스로 간다. 엄마가 일하던 디자이너 업체가 파리에 작업실을 냈다. 엄마는 이제 거기서 일한다. 장인 대우를 받으며. 출국 날짜는 아직 정해지지 않았다. 이곳 일이 마무리 되는 대로 떠난다고 한다. 어쨌든 엄마는 간다. 프랑스로.

프랑스는 엄마에게 어울린다. 펜싱의 종주국도 프랑스다. 엄마는 프랑스에서 늘씬한 은빛 검을 휘두르는 대신, 뾰족하고 날카로운 바늘을 들 거다. 카리스마가 느껴지는 유니폼과 그물눈 마스크 대신, 영롱한 구슬과 색색의 실을 어루만질 거다. 가장 고운 구슬과 가장 고운 실을 골라 가장 고운 문양을 만들어낼 거다. '살뤼', '앙 가드', '알레' 같은 펜싱 용어 대신 '샤넬', '크리스티앙 디올', '이브 생 로랑' 같은 이름을 입에 올릴 거다.

"멀리뛰기를 하는 거야." 엄마는 말했다. 나는 물었다. "멀리뛰기요?" "먼 데가 보일 때가 있어. 그러면 뛰어야 해." "뛰지 않으면요?" "뛰지 않을 수 없지. 착지할 데가 보이는걸." 엄마는 나를 보았다. "너에게도 그런 일이 있을 거야." 답이 보인다는 듯 엄마는 말했다. "너도 무언가를 이룰 테니. 조그 맣게든 크게든."

엄마의 멀리뛰기 안에 나는 없었다. 엄마는 나를 보내며 사랑 운운하지도 않았다. 너를 보내지만 엄마는 널 사랑해, 이런 말. 엄마답다고 생각했다. 군더더기 없는 엄마. 시크한 엄마. 목표를 정하면 그리로 가는 엄마.

엄마와 나 사이에 사랑이라는 말이 오갈 때가 있었다. 그 말이 굉장한 힘을 가지고 있다고 믿었던 때였다. 시간이 지 나면서 엄마도 나도 성숙해졌다. 엄마가 사랑이라는 말을 들 먹였다면 실망했을 것이다. 엄마는 나를 두고 간다고 미안해 하지도 않았다. 아빠는 의사이고 부자이니 아빠와 함께 사는 건 더 나은 환경에서 사는 거라고 했다. 더 나은 환경인지는 모르겠지만, 엄마 입장에서 할 수 있는 말이었다. 나에겐 어 쨌든 두 명의 보호자가 있으니. 한쪽의 사정이 안 되면 다른 쪽이 그 역할을 맡을 수 있으니. 다만 그렇게 되기까지 내가 두 사람 사이에서 작은 공이었다는 사실을, 그들은 알까?

나는 나 자신에게 묻는다. 버림받은 것인지. 엄마에게서, 그리고 오래전 아빠에게서. 그렇기도 하고, 아니기도 하다. 그렇기도 한 건, 그동안 엄마가 나와 가장 가까운 사람이었 기 때문이다. 나와 가상 가까운 사람이 내가 잘 모르는 사람에게 나를 보냈다. 그러니 버림받은 게 맞다. 아니기도 한 건, 엄마가 보낸, 내가 잘 모르는 사람이 나의 아빠이기 때문이다. 그러니 버림받았다고 할 수 없다. 엄마는 할 만큼 했다. 이젠 아빠 차례다. 아빠도 아빠 몫을 해야 한다. 아빠 아닌가.

억울한 건 있다. 엄마에게서 사과를 받지 못했다. 엄마는 내게 한마디 정도는 해줄 수 있었다. "널 낳아서 미안해." 그랬더라면 엄마가 내게 했던 말들을 다 날려버릴 수도 있었다. 엄마가 화났을 때 밑도 끝도 없이 내게 쏟아부었던 말들. "난 사실 엄마가 되고 싶지 않아." "너 때문에 죽을 수도 없잖아!" "널 보면 어떤 생각이 드는 줄 아니?" 날 보면 어떤 생각이 들었을까? 엄마에게 나는 좌절과 실패의 아이콘이었을까? 엄마는 엄마가 하고 싶은 말을 내게 했다. 내가 들었어야 할 말은 하지 않았다. "널 낳아서 미안해. 널 함부로 낳아서." 애초에 사랑에 빠졌던 건 엄마와 아빠였으니.

아빠네 집이다. 내가 살던 집과는 다르다. 크고, 넓고, 환하다. 화려한 장식장과 아름다운 그림 위로 그윽한 빛이 둥글게 떨어진다. 길고 윤기 나는 식탁 위로 호박색 샹들리에가 빛난다. 그 아래 좌우로 늘어선 등받이가 높은 의자들. 나도 모르게 개수를 센다. 모두 열두 개.

"수리아라고?"

금빛 장식이 달린 루이뷔통 백을 내려놓으며 새엄마는 소파 위에 앉는다. 그녀의 잘 부풀려진 머리는 흐트러짐 하나 없고, 전문가에게 받은 듯한 화장은 자연스러우면서도 광채가 난다. 막 출근할 사람처럼 보인다. 그녀는 한껏 웃으며 옆에 앉은 아빠를 돌아본다.

"일이 남았는데 수리아 보려고 일찍 퇴근했네. 첫날인데 환영해줘야지."

아빠는 고개를 조금 숙인 채 눈은 살짝 치켜뜬 모습이다. 무섭게 쳐다보는 건 아니다. 관찰하는 표정이랄까? 흉터나 수술 자국을 들여다보는 것처럼?

엄마의 핸드폰을 통해 아빠의 목소리를 들었다. 아빠는 조용조용히 말했다. 엄마도 그랬다. 두 사람은 교양 있는 어른들처럼 대화했다. 그러다가, 누가 먼저랄 것도 없이, 두 사람은 조금씩 목소리를 높였다. 나는 아빠가 궁금했었다. 궁금증은 곧 풀렸다. 아빠는 엄마와 비슷했다. 그리 행복한 사람 같지는 않았다. 아빠 역시 자신의 편의와 안전을 지키기 위해 언성을 높이는 유형이었으니.

"방은 아는 분한테 부탁해서 대충 꾸며놨어. 맘에 들지는 모르겠지만. 더 필요한 게 있으면 얘기하고."

새엄마가 말한다.

"편하게 지내. 나나 아빠가 퇴근했다고 일부러 내려와서 인사할 필요는 없어. 아침 인사도 마찬가지고. 우린 그렇게 지내. 내 아들하고도. 조만간 만나겠지만."

동의를 구하듯 새엄마는 아빠를 돌아본다. 그에 대한 응답인지 아빠가 고개를 조금 든다. 인상이 좀 나아 보인다. 별로 할 말은 없는 것 같다. 나는 조그맣게 네, 하고 대답한다.

　"예의를 갖추지 말자는 게 아니라 편하게 지내자고. 아침엔 바쁘고 퇴근 시간은 들쭉날쭉하고 집에 오면 곧바로 쉬고 싶고. 각자 생활 존중하면서 서로 피해 주지 말고 살자는 거지."

　아빠가 탁자 위의 신문으로 손을 가져간다. 새엄마의 말이 이어진다.

　"일해주러 오시는 분들이 두 분 계셔. 한 분은 청소해주러 오시는 분이고. 또 한 분은 주방 맡아주시는 분. 그분에겐 셰프님이라고 부르도록 해. 아줌마라고 하지 말고. 백 셰프님. 호텔 양식당에 계셨던 분이야. 수석 셰프. 알겠지?"

　"네."

　새엄마가 아빠에게 얼굴을 돌린다.

　"당신 뭐 할 얘기 없어요? 딸한테? 이런 자리 자주 있지도 않을 테고."

　아빠가 헛기침한다.

　"차차 하지."

　잠시 뜸을 들이다가 아빠는 말한다.

　"편하게 지내거라. 불편한 거 있으면 얘기하고."

내 방은 2층에 있다. 엄마 집에서 썼던 방의 두 배는 돼 보인다. 연한 갈색의 부드러운 원목 바닥 위로 침대와 옷장, 서랍장과 책상 등이 놓여 있다. 모두 새 가구다. 나는 방 한가운데 우두커니 서 있다가 짐을 정리한다. 엄마 집에서 가져온 짐이다. 옷장 안에 계절별로 옷을 걸어두고, 티셔츠와 속옷들을 서랍 안에 개어 넣고, 책상 위에 컴퓨터를 설치하고, 책꽂이에 책들을 가지런히 꽂는다. 독서대를 펼치고 읽던 중인 책을 올려놓는다.《빌리 서머스》. 조금은 덜 외로운 느낌이다.

방 안을 둘러보다가 엄마를 생각한다. 엄마는 지금 어떤 기분일까? 내 빈방을 보며 어떤 생각을 할까? 홀가분하다는? 홀가분하면서도 조금은 허전하다는? 내 방 문틀에 기대서서 지난 인생을 돌아볼까? 나와 함께했던? 아니면 앞으로 펼쳐질 인생을 그려보는 중일까? 홀가분하고 자유로운? 앞으로 펼쳐질 인생을 그리며 엄마는 얼마쯤, 아니, 꽤 많이 들뜨고 희망에 차 있을까? 엄마가 그렇다면 나는 서운한가?

아니라고 할 수 없다. 하지만 꼭 그렇지만도 않다. 그동안 내게도 충분한 시간이 있었다. 상처에 딱지가 내려앉을 만큼의 시간. 무심코 손이 가기는 한다. 그래서 딱지가 떨어지고, 피가 나고, 다시 딱지가 생긴다. 그러다가 마침내 괜찮아질 거다. 흉터는 남겠지만, 그마저도 옅어질 거다. 문득문득 생각은 날 거다. 미성년자인 나를 두고 엄마와 아빠가 스매싱을 날리던 일이 "이제부터 당신이 키워." "어차피 이제까지 당신이 키웠으니 계속 당신이 키우는 게 낫잖아."

책상 앞에 앉아 다이어리를 펼친다. 어니스트 헤밍웨이가 썼다는 다이어리. 어니스트 헤밍웨이에게도 상처 같은 게 있었을까? 상처 위에 딱지가 생기고, 딱지를 뜯어 피가 나고, 또다시 딱지가 생기고 했을까? 그는 그것을 다이어리에 썼을까? 상처가 아물어가는 과정을? 다이어리에 소설도 썼을까? 주인공 이름이 그 안에 있었을까? 이를테면《노인과 바다》속 노인과 소년의 이름이? 노인이 잡은 청새치의 크기가?

문구점에는 헤밍웨이가 썼다는 다이어리가 여러 종류 있었다. 크고 두꺼운 것들도 있었고, 그보다 작은 것들도 있었다. 나는 그중 가장 작고 얇은 다이어리를 골랐다. 매일매일 짧은 문장 한 줄씩을 적어넣었다. 명사나 형용사에 그치기도 한다.

오늘 날짜에 쓴다. 구체적인 목표가 생겼다. '독립.' 언젠가는 이루어질 거다.

두성

(8월 18일)

태민이 전화에 대고 나직이 내지른다.

"밀어붙이세요. 다쳐도 책임 묻지 않을 테니."

전화를 끊고 그는 욕지거리를 내뱉는다. 그가 자리에서 일어선다.

"가자."

나는 태민의 흰색 벤츠에 시동을 건다. 30분쯤 걸려 호텔에 도착한다. 클럽 입구에 차를 세우자 모여 있던 패거리 중 하나가 뒷좌석 문을 연다. 태민이 밖으로 나간다. 패거리 중 다른 하나가 클럽 문을 열어준다. 누구와도 눈을 마주치지 않은 채 태민은 안으로 사라진다. 나는 지하주차장으로 차를 몰고 간다. 카키색 볼보 옆에 차를 세운다. 운전석에 앉아 환하게 불 밝힌 지하 엘리베이터 입구를 바라본다. 언젠가 내가 지켜보았던 일이, 한 치도 다르지 않게, 내 눈앞에 펼쳐지려 한다.

태민에게는 빌딩이 있다. 1년 전 할머니에게서 증여받은 것이다. 6층 건물이고, 피트니스 센터와 카페, 식당 따위가 영업 중이다. 1층에는 안경원과 프랜차이즈 카페가 있다. 안경원과의 계약 기간이 끝나가자 태민은 월세를 대폭 올렸다. 임차인이 감당할 수 없는 액수였다. 안경원 주인은 월세를 낮춰달라고 부탁했다. 태민은 그럴 수 없다고 했다. 계약 기간이 만료되었다. 태민은 임차인에게 퇴거를 요구했다. 안경원 주인은 부당하다고 했다. 그는 퇴거에 응하지 않았다. 태민이 법대로 하겠다고 했다. 법원에서 강제집행 명령이 떨어졌다. 태민은 거칠기로 소문난 용역업체를 불렀다. 그들이 어떻게 나올지, 나는 보지 않아도 알 수 있다.

문자가 들어온다. 엄마의 문자다. '잘 지내니? 어찌 지내니? 하루도 너를 생각하지 않는 날이 없다. 보고 싶구나, 두성아.' 오랜만에 온 문자다. 두 달쯤 됐을까? 연이어 또 하나가 들어온다. '아빠 전 같지 않으시다. 많이 쇠약해지셨어.' 쇠약해진 아빠는 어떤 모습일까? 나는 강한 아빠를 알고 있다. 미친 아빠도 알고 있다. 내가 좋아하는 아빠는 강한 아빠다. 누구에게도 굴하지 않는 아빠. 엄하긴 하지만 든든한 아빠.

전에 두 아저씨가 싸웠다. 유원지에 있는 야외 식당에서였다. 꼬치에 끼운 통돼지를 장작불에 빙빙 돌려 굽는 식당이었다. 사람들이 많았다. 사람들이 많으니 차도 많았다. 주차장에 세워놓은 차들도 있었고, 빈터에 세워놓은 차들도 있었고, 이중주차된 차들도 있었다.

한 아저씨가 차주를 찾았다. 그의 검은색 SUV를 은색 세단이 가로막고 있었다. 세단 차주의 전화번호가 없었다. SUV

차주가 사람들 사이를 다니며 차 번호를 외쳤다. 20분쯤 뒤에 세단 차주가 나타났다. SUV 차주가 세단 차주에게 화를 냈다. 세단 차주는 못 들은 척했다. 그는 아무 일도 없었던 것처럼 제 차의 운전석 문을 열었다. 화가 난 SUV 차주가 그에게 욕을 했다. 세단 차주가 SUV 차주를 들이받았다. 세단 차주는 키가 크고 체격이 우람했고, SUV 차주는 보통 키에 은테 안경을 쓴 깡마른 사내였다. 결과는 뜻밖이었다. 덩치 큰 세단 차주가 바닥에 나뒹굴었다. 그의 앞니 두 개가 부러졌다. 그는 아내의 부축으로 겨우 일어났다. 그의 아이들이 울음을 터뜨렸다.

아빠가 말했다. "저게 무슨 창피야? 애들 앞에서⋯⋯." 아빠는 동생과 내 접시 위에 고기를 놓아주었다. "어서 먹어. 저런 거 보지 말고." 나는 그때 우리 아빠가 좋았다. 우리 아빠에겐 있을 수 없는 일이었다. 같은 상황이었다면 아빠는 전화번호를 놓아두었을 터였다. 미처 그러지 못했다면 사과를 했을 터였다. 누군가를 먼저 치지 않았을 것이고, 불가피하게 싸움으로 번졌더라도 이빨이 부러지는 일은 없었을 것이다. 내가 알고 있던 아빠는 그런 아빠였다. 그런 아빠여서 나는 좋았다.

엄마의 세 번째 문자가 나를 흔든다. '희성이 형아 찾는다.' 조용한 적개심이 끓어오른다. 태민의 말이 귓전에서 살아난다. "밀어붙이세요. 다쳐도 책임 묻지 않을 테니."

아빠는 삼계탕집을 했다. 한곳에서 12년을 했다. 단골도 꽤 있었다. 복날에는 줄 선 사람들이 끝도 보이지 않았다. 빌딩이 누군가에게 팔렸다. 새 건물주는 재계약 조건으로 보증금을 대폭 올렸다. 월세도 네 배 인상했다. 터무니없는 액수였다. 아빠는 타협하자고 했다. 건물주는 응하지 않았다. 계약 기간이 지나자 건물주는 강제집행을 시도했다. 아빠의 저항이 완강해 그들의 집행은 두 번에 걸쳐 무산되었다. 세 번째 집행 때 용역팀은 터미네이터처럼 밀고 들어왔다. 굴착기로 문을 부수고 몽둥이와 톱을 휘둘렀다. 용역팀 사내의 몽둥이가 아빠의 어깨뼈를 으스러뜨렸다.

아빠는 가게를 나왔다. 폭행죄로 건물주를 고소했지만, 건물주는 처벌받지 않았다. 아빠는 깁스를 한 채 몽둥이를 들고 건물주를 찾아갔다. 건물주의 어깨뼈를 아빠는 똑같이 으스러뜨려놓았다. 고소와 맞고소가 이어졌다. 하지만 건물주는 무사했고, 아빠는 폭행죄로 감옥에 들어갔다. 아빠에게 없는 죄가 덧씌워졌다. 수입이 없는 상태에서 아빠는 소송 비용을 감당해야 했다.

엄마가 자리에 누웠다. 우울한 나날들이 이어졌다. 수개월이 지나 엄마는 몸을 추슬렀다. 우리는 살던 집을 떠나 작은 집으로 이사했다. 엄마는 집 근처에 조그만 가게를 얻었다. 엄마는 거기서 순두부찌개와 된장찌개를 끓였다. 8개월 후 아빠가 감옥에서 나왔다. 엄마의 가게를 보며 아빠는 괴로워

했다. 전과 비교할 수 없을 만큼 작은 가게였다. 아빠는 수시로 화가 치미는 것 같았다. 가만히 있다가도 얼굴이 벌게지곤 했다. 그럴 때는 주먹을 불끈 쥐고 입속말을 중얼거렸다.

아빠는 술을 마시기 시작했다. 아빠가 술 마시는 모습을 본 건 그때가 처음이었다. 아빠는 매일 마셨고, 걸핏하면 화를 냈다. 화를 내던 아빠가 주먹을 휘둘렀다. 그 역시 전에 보지 못한 행동이었다. 아빠는 벽을 내리치거나 책상을 내리쳤다. 눈앞에 있는 탁상시계를 내던졌고, 밥상을 뒤엎었다. 아빠는 급기야 말리는 엄마에게까지 주먹을 휘둘렀다. 나와 희성은 울었고, 아빠의 주먹은 나와 희성에게까지 날아들었다. 아빠는 미친 사람 같았다.

어느 날 아빠가 반쯤 정신이 나간 채 가게에 들어왔다. 밖에서 한판 벌였는지 입가와 손에 핏자국이 있었다. 돌솥비빔밥을 먹던 손님 둘이 놀란 얼굴로 아빠를 쳐다보았다. 나와 희성은 구석 자리에서 순두부찌개를 기다리던 중이었다. 아빠는 가게 안을 휘둘러보며 뭐라고 중얼거렸다. 아빠의 앞니두 개가 없었다. 나는 유원지 식당에서 보았던 덩치 큰 아저씨를 떠올렸다. 저가 잘못해놓고 상대를 들이받았던 아저씨. 그때 아빠는 그 아저씨와 얼마나 달라 보였던가!

엄마가 가스 불을 껐다. 엄마는 뚝배기 가장자리를 집게로 집어 올렸다. 나와 희성에게 줄 순두부찌개였다. 펄펄 끓는 뚝배기기 배식대 위로 옮겨지고 있었다. 아빠가 주방으로 들어갔다. 아빠는 옆에 있는 쟁반을 드는가 싶더니 느닷없이 뚝배기를 내리쳤다. 뚝배기가 공중으로 솟았다. 엄마가 비명을 질렀다. 뚝배기 속의 내용물이 엄마의 팔뚝 위로 쏟아졌다. 뚝배기는 바닥에서 산산조각 났다.

나는 주방으로 뛰어 들어갔다. 엄마는 한 손으로 팔뚝을 붙든 채 부엌 바닥에 주저앉았다. 나는 엄마를 일으켜 황급히 싱크대 앞으로 데리고 갔다. 수돗물을 틀고 엄마의 팔을 맡겼다. 흐물흐물해진 순두부와 벌건 국물과 고추기름이 씻겨 내려갔다. 엄마의 팔 위로 붉은 자국이 지도처럼 생겨나며 물집이 올라왔다. 엄마는 소리 죽여 눈물을 흘렸다.

나는 아빠의 멱살을 움켜잡았다. 아빠를 마구 흔들어 벽에다 탕탕 부딪혔다. 아빠는 무력하게 흔들렸다. 그때만 해도 나는 아이스하키 선수였다. 내 키도 몸무게도 아빠를 이미 넘어서 있었다. 엄마가 오열하며 나를 아빠에게서 떼어내려 했다. 돌솥비빔밥을 먹던 아저씨들도 그랬다. 나는 아빠에게서 떨어져 나왔다. 힘이 부쳐서가 아니었다. 아빠를 죽일 것 같아서였다. 나는 가게를 뛰쳐나갔다. 희성이 나를 부르는 소리가 들렸다.

보도블록 위를 달렸다. 가슴이 터질 것 같았다. 어느 길목에서 나는 멈춰 섰다. 숨을 헐떡이며 주변을 둘러보았다. 쇼핑몰 앞이었다. 날이 화창했다. 하늘은 푸르고 가로수의 넓고 푸른 잎들이 바람에 흔들렸다. 어디선가 흥겨운 노래가 흘러나왔다. 한 무리의 학생들이 슬러시를 먹으며 지나갔다.

그들 중 하나가 노래를 따라 불렀다. 행인들의 얼굴은 무심하거나 평화로웠다. 이해가 안 갔다. 도대체 뭐가 그리 아무렇지 않다는 거야?

나는 그날로 집을 나왔다. 학교도 끝이었다. 하키팀 특기생이었지만, 내가 빙판 위에 서는 일은 다시 없을 터였다. 나는 거리를 누볐다. 골대를 향해 스틱으로 퍽을 때리는 대신, 길에서 아무나 패고 다녔다. 누군가를 곤경에 빠뜨리면 끼니를 해결하고 잠을 잘 수 있었다. 나는 내가 그렇게 싸움을 잘하는 줄 몰랐다. 누군가를 두렵게 하는 일에 쾌감마저 느꼈다. 나를 무서워하는 상대를 보면 기분이 좋았다. 해볼 만한 상대가 아니어도 겁먹지 않았다. 될 대로 되라 식이었다. 재수 없게 내가 당해도 할 수 없었다. 내가 죽어도 할 수 없는 거였다. 내 목숨도 상대의 목숨도 중요하지 않았다. 나는 구제 불능이었다. 아빠에게 폭력을 행사한 아들이었으므로. 나는 그때 열일곱 살이었다.

집을 나온 지 석 달째 되던 날이었다. 나는 골목길을 어슬렁거렸다. 고급스러운 빌라와 공원이 있는 동네였다. 밤이었고, 인적이 드물었다. 싸늘한 바람이 옷 속으로 파고들었다. 긴팔 옷이 필요했다. 적당한 놈을 골라 돈을 털거나 겉옷을 벗길 셈이었다. 멀찌감치 주차 중인 차 한 대가 눈에 들어왔다. 스포츠카였다. 운전석 문이 열리고 차주가 나왔다. 나는 그쪽으로 걸어갔다. 차주가 공원 방향으로 몸을 틀었다.

어둠 속에서 그림자 둘이 나타났다. 그들이 차주에게 다가갔다. 분위기가 심상치 않았다. 선수 치는 놈들이었다.

둘은 차주를 구석으로 몰고 갔다. 그들이 차주의 주머니를 뒤졌다. 나는 서두르지 않고 걸음을 옮겼다. 두 녀석과 차주가 나를 돌아보았다. 나는 그들 앞에서 걸음을 멈추었다. 둘 중 어깨가 떡 벌어진 녀석이 우습다는 표정을 지었다. 그가 나를 꼬나보았다. 나는 기다렸다. 누구든 먼저 시비 거는 놈부터 손볼 생각이었다. 나를 꼬나보던 녀석이 말했다. "뭐야, 넌?" 그거면 충분했다.

나는 한 방에 그를 때려눕혔다. 진창에 빠진 물고기처럼 그가 바닥에서 몸을 뒤척였다. 다른 한 녀석이 양팔을 올려 방어 자세를 취했다. 어디서 권투라도 배운 모양이었다. 한쪽 주먹에 지갑을 움켜쥔 채였다. 나는 녀석의 손가락을 천천히 풀고 지갑을 뽑았다. 바닥에 널브러진 동료를 곁눈질하며 그는 순순히 지갑을 빼앗겼다. 나는 차주를 돌아보았다. 소풍을 나섰는데 가랑비 정도 만난 얼굴이었다. 나는 그에게 지갑을 돌려주었다. 그의 눈에 흥미롭다는 빛이 감돌았다.

계획에 없던 행동이었다. 내 목적은 누군가의 괜찮아 보이는 겉옷을 벗기거나, 두둑한 지갑을 터는 일이었다. 그는 둘 다 가지고 있었다. 그보다 더 좋을 수는 없었다. 그런데 왜 그랬던 걸까? 나는 왜 지갑을 돌려주었던 걸까? 생각지도 않던 복병들이 나타나서? 그런 것도 있었다. 폼 잡고 싶었다. 느닷

없이 나타난 녀석들을 혼내주고, 구경하는 관객을 놀라게 해주는 맛. 쩨쩨하게 남의 지갑 따위 털 생각은 애초에 없었다는 듯, 옜다, 하며 호기롭게 돌려주는 맛. 그런데 그게 다였을까?

나는 왠지 기가 눌렸다. 그의 태도 때문이었을 것이다. 그는 떨지 않았다. 눈앞에서 지갑을 빼앗기는데, 떨기는커녕, 지갑을 두고 벌어지는 해프닝을 느슨한 눈으로 지켜보고 있었다. 누린내 나는 뼈다귀 하나 갖고 호들갑 떠는 강아지들 보듯. 가로등 아래서 그의 얼굴은 하얗게 빛났다. 오만하고 풍족한, 풍족해서 흘러넘치는, 흘러넘쳐서 약간의 의리만 보이면 돈푼깨나 쓸 것 같은 얼굴.

나는 수그리기로 했다. 긴팔 옷이나 몇 푼 안 되는 돈보다 그 편이 나을 거라 생각했다. 태민은 그렇게 만났다. 그가 내게 나이를 물었다. 열일곱 살이라고 하자 그는 나를 위아래로 훑어보았다. 그가 말했다. "체격이 장난 아니구나!" 그는 나보다 여섯 살 위였다.

호랑

(8월 18일)

　박 원장 딸이 왔다. 턱뼈를 따라 마르고 각진 얼굴이 박 원장을 빼닮았다. 엄마에게서 물려받았을 크고 검은 눈동자와 반듯한 콧대와 유난히 까만 머리칼이 다소 차가운 인상이다. 입고 있는 청록색 티셔츠가 어울린다. 따뜻한 색감은 좋아하지 않을 것 같다. 말수가 적고 잘 웃지 않는다. 그렇다고 무례해 보이지는 않는다. 이름이 수리아라고 한다. 수리아가 나를 백 셰프님이라고 부른다.

　나는 말한다.

　"그냥 호랑 아줌마라고 불러. 가정집에서 셰프는 무슨 셰프."

　천 이사가 시켰을 거다. 그게 다 자랑질이다. 셰프를 고용할 만한 수준이라는 거지. 그녀는 손님을 자주 초대하고, 그렇지 않을 때는 단체 도시락이나 샌드위치를 주문한다. 파티용 케이크를 구울 때도 있다. 그녀는 내게 5성급 호텔 주방장 대우를 해준다. 식재료도 아끼지 않는다. 천 이사 집에서 일한 지 1년이 되어간다. 호텔보다 일하는 시간이 적고, 일도 수월하다. 그녀를 과히 좋아하지는 않는다.

"이모 호칭도 사양해. 밖에 나가면 웬 언니, 오빠, 이모, 삼촌이 그렇게나 많은지. 사기꾼도 그중 하날 테지?"

나는 채칼로 감자를 썬다. 길고 얇은 감자채가 시원시원하게 빠져나온다. 등 뒤가 조용하다. 채칼을 멈추고 수리아를 돌아본다.

"뭐 필요해?"

"이거 먹어도 돼요?"

수리아가 아일랜드 식탁 위의 비스킷을 가리킨다. 오전에 구워놓은 비스킷이다.

"이 집에 있는 건 아무거나 먹어도 돼. 물어볼 필요 없어. 자기네 집이잖아? 아, 잠깐 있어봐. 안 그래도 아침 해주려고."

인덕션 위에 프라이팬을 올린다. 데워진 팬에 버터를 두르고 채 썬 감자를 올려 노릇하게 굽는다. 버터에 감자가 익어가면서 고소한 냄새를 풍긴다. 바삭해진 감자를 뒤집어 달걀 하나를 깨뜨리고 노른자를 터뜨린다. 달걀이 익는 동안 매콤하게 간을 하고 모짜렐라 치즈와 체다 치즈를 뿌린다. 치즈가 부드럽게 녹기를 기다려 접시 위로 옮겨 담는다. 수리아를 위한 첫 아침 식사다.

"먹어봐. 비스킷하고."

나는 아일랜드 식탁 앞의 스툴을 눈짓한다. 수리아가 스툴 위에 앉는다. 그녀는 접시 가장자리에 두 손을 갖다 댄다. 하는 행동 하나하나가 조심스럽다. 저게 다 없어져야 한다. 제 아빠 집이고, 제집 아닌가.

"먹고 싶은 거 있으면 얘기해. 어지간한 건 다 해줄 수 있으니까. 된장찌개든 스테이크든."

뜻밖의 말을 들은 건지 수리아가 어색하게 웃는다. 감상이라도 하듯 그녀는 접시 위의 음식을 내려다보다가 포크와 나이프를 집어 든다. 나는 등을 돌리고 조리대 위의 재료를 정리한다. 무엇을 좋아하나 싶어 이것저것 묻다 보니 박 원장 얘기를 하게 된다. 아빠에 대해 아는 게 너무 없다. 의사라는 건 아는데 어느 분야인지는 모른다. 내 오지랖이 발동한다.

"이비인후과 전문의셔."

이 정도는 알고 있어야 하는 거 아닌가. 학교에 가서 난처한 상황에 처하면 어쩌겠나. 선생님이나 친구가 묻는데 모른다고 하면? 내친김에 천 이사 직업에 대해서도 얘기해놓는다.

"천 이사님은 어느 무용 협회 이사라고 하셔. 정확히 어느 무용 협회인지는 모르겠지만. 문화센터에서 강의도 하시고. 청소년 체육 특기자 지원도 하신대. 감투를 많이 쓰셨어. 대학에서도 강의하신다네? 혹시라도 어느 대학인지는 물어보지 마."

나는 수리아를 힐긋 돌아본다.

"그런 거 물을 성격도 아니겠지만."

나는 하던 일을 계속한다.

"싫어하셔. 그런 거 묻는 거 실례라데?"

말을 하고 속으로 웃겨, 한다. 교수님 소리만 듣겠다 이거지? 어느 대학 교수인지는 비밀에 부치고? 대학에서 강의한다는 게 사실이긴 해?

정리를 끝내고 나는 도톰한 이면지 묶음 맨 위에 내일 구입할 식재료를 적는다. 루콜라, 타임, 생강, 연어…… 목록을 다 적은 이면지를 묶음에서 떼어낸다. 수리아가 이쪽을 쳐다보고 있다.

"왜?"

"봐도 돼요?"

"뭘?"

수리아가 이면지 묶음을 가리킨다.

"뒤에 그림이 있어서요."

나는 이면지 묶음을 휙 돌려본다. 구두장이 할머니다. 빨간 모자를 쓰고 있는.

"우리 딸네 회사에서 나오는 캐릭터야."

나는 이면지 묶음을 수리아에게 건넨다.

"인쇄하고 남은 이면지 잘라서 내가 써. 아까워서."

수리아가 나이프와 포크를 내려놓는다. 그녀는 이면지를 한 장 한 장 넘겨본다. A4 사이즈 용지를 4분의 1로 나눈 거여서 그림이 온전히 나온 것도 있고, 일부만 나온 것도 있다. 졸고 있는 북극곰, 회색 손뜨개 털징갑, 노란 장화, 제빵사 고양이……. 수리아의 입가에 엷은 미소가 감돈다. 그녀에게서 처음 보는 미소다. 그림에서 눈을 떼지 않은 채 수리아가 말한다.

"귀여워요."

전
학

수리아

(9월 14일)

새 학교에 그럭저럭 적응하고 있다. 친구는 없다. 학기 초
도 아니고 2학기다. 끼리끼리 뭉치는 아이들은 이미 정해져
있다. 하지만 그게 친구를 사귈 수 없는 절대적인 이유는 아
니다. 나 역시 그들 틈에 굳이 섞이려 들지 않는다. 조별 숙제
에 물 위의 기름처럼 뜬다. 뜬 기름이긴 해도 최대한 내 몫은
하려고 한다.

친구가 없는 건 이전 학교에서도 마찬가지였다. 아이들이
내게 관심이 없었던 이유도 있지만, 나 역시 자발적으로 친
구를 만들지 않았다. 일찌감치 친구들과 노는 걸 포기했다.
피곤해서였다. 가족이 화제에 오르면 그랬고, 아빠 이야기가
나오면 더 그랬다. 아빠라는 말은 간간이 지나가는 순찰차처
럼 대화 속에 섞였다. 무심히 섞여도 불편했다. 좋은 이야기
든, 그렇지 않은 이야기든. 아빠가 없는 걸 부러워하는 아이
들도 있었다. 그들의 이야기를 듣는 것도 편치만은 않았다.

엄마와는 4층 건물의 4층에서 살았다. 1층엔 헌책방이 있
었다. 건물주 부부가 하는 책방이었다. 나는 대부분의 시간
을 거기서 보냈다. 동화책에서 시작해 멋모르고 소설로 갈아

탔다. 내 독서는 헌책방에 책이 들어오는 순서에 달려 있었다. 마커스 주삭의 《책도둑》은 2권을 먼저 읽은 후 그 이듬해에 1권을 읽었다. 나는 손에 잡히는 대로 읽었고, 좋아하는 책들은 반복해서 읽었다. 주인 부부는 내가 읽은 책을 장부에 기록했다. 한 달에 한 번씩 엄마는 내가 읽은 책의 대여비를 지불했다. 엄마가 내게 해준 일 중 가장 기억에 남는 일이었다. 좋은 기억.

책방 구석에는 내 자리가 있었다. 납작하고 네모난 나무 발판이 있는 자리였다. 주인 부부는 높은 곳에 꽂혀 있는 책을 꺼낼 때 그 발판을 사용했다. 나는 거기 쪼그리고 앉아 책을 읽었다. 어둑하고, 먼지 냄새가 나고, 아무도 방해하지 않는 자리였다. 부부는 내가 그 자리에서 책을 읽게 놔두었다. 걸리적거린다고 뭐라고 하지도 않았다. 언제까지고 지킬 것 같았던 그 자리를 떠났다. 미스터리와 스릴러에 빠져들면서였다.

나는 도서관을 순례했다. 새로운 미스터리와 스릴러 책을 찾아다녔다. 이상한 나라의 토끼굴에 떨어진 것처럼 읽고 싶은 책들을 언제든 읽을 수 있었다. 나는 책 속에 빨려 들어갔다. 수업 시간에도 소설 속 이야기가 궁금했다. 급기야 수업 시간에 책을 꺼내 들었다. 입만 열면 자기 자랑이나 자식 자랑하는 선생님 시간을 활용했다. 담임 선생님이 자리를 비우는 자율학습 시간은 더없이 좋았다.

야간자율학습 시간이었다. 나는 책을 읽고 있었다. 책 위에 그림자가 드리워졌다. 누군가 내 옆에 와 있었다. 한국사 선생님이었다. 복도를 지나다 본 모양이었다. 책상 위에 버젓이 놓인 책을 선생님이 집어 들었다. 《어느 창녀의 죽음》이라는 추리소설이었다. 선생님이 내게 따라오라고 했다. 나는 그를 따라 교무실에 갔다.

　선생님이 다른 선생님들 앞에서 책을 들어 보였다. "선생님들 이것 좀 보세요. 이 아이가 야자시간에 이런 책을 읽더군요." 그는 표지가 보이도록 선생님들을 향해 책을 빙그르르 돌렸다. 캔버스에 유화로 그려진 여성의 누드화였다. "어떻게 생각하십니까, 선생님들?" 그가 책상 위에 책을 내려놓았다. "좀 들춰봤는데, 제목도 그렇지만 학생이 읽기에 좀 그런 내용이더군요. 이해하고 읽는다면 몰라도, 결국 근친상간의 비극에 관한 이야기거든요."

　어린 시절 전쟁 때문에 헤어졌던 남매가 유곽에서 만났다. 그들은 서로를 알아보지 못했다. 둘 사이에 부적절한 관계가 있었다. 뒤늦게야 여동생은 그들이 남매라는 사실을 알게 되었다. 그녀는 자살로 제 삶을 끝내고 말았다. 이것을 근친상간의 이야기라고만 할 수 있을까?

　유메노 규사쿠의 《유리병 속 지옥》을 떠올렸다. 난파선에 떠밀려 무인도에 살게 된 오누이 이야기다. 10년이 지나도록 구조대는 오지 않았다. 그사이 남매는 성숙해져갔다. 그들은 성에 대해 눈을 떴고, 그들이 처한 상황은 그들을 고통과 혼란 속으로 몰아넣었다. 그들은 스스로 상어 밥이 되기로 했다. 이것은 근친상간의 이야기다. 이 소설은 나쁜 소설일까? 《유리병 속 지옥》을 읽고 난 후 나는 한동안 가슴이 먹먹했다. 그 소설을 읽다가 걸렸더라면 선생님은 어떤 반응을 보였을까?

나는 반성문을 썼다. 수업시간에 소설책을 읽는 일은 학생의 본분에 어긋나는 일이며, 교내 질서를 위반하는 일이고, 다른 학생들의 학습 분위기를 해치는 일이라고. 그러므로 내 잘못과 부족함을 돌아보며 다시는 이런 일이 없도록 온전히 학습에만 매진할 것이라고, 뭐 어쩌고 썼다. 반성문을 읽은 선생님이 나를 길게 쳐다보았다. 좀 징그럽다는 생각이 들었다. 앞으로 지켜보겠다며 그가 나를 보내주었다. 집으로 오는 길에 나는 혀가 델 정도로 뜨거운 어묵 국물과 눈물이 날 정도로 매운 떡볶이를 사 먹었다.

나는 전과 다름없이 학교에서 책을 읽었다. 야간자율학습 시간에는 극히 조심했다. 전에 없던 버릇이 생겨났다. 책 표지에 나와 있는 정보를 가지고 나만의 이야기를 만드는 일이었다. 제목만 가지고 새로운 이야기를 만들기도 했다. 시간이 지나면서 내가 원하는 게 무언지 알 것 같았다. 소설을 써야겠다는 생각이 들었다. 책 읽기에 쏟던 시간을 반으로 나누었다. 읽는 시간보다 쓰는 시간이 길어졌다.

아빠 집으로 온 이튿날, 나는 아빠에게 정중히 부탁했다. 야간자율학습을 하지 않게 해달라고. 읽는 시간과 쓰는 시간은 언제나 부족했다. 아빠는 내 최초의 부탁을 들어주었다. 2학기가 시작되자마자 아빠는 담임 선생님에게 전화했다. 나는 더 이상 방과 후에 남지 않아도 되었다.

소설을 쓴 지 4년이 되어간다. 나는 지금 여섯 번째 소설을 쓰고 있다.

영어 시간이다. 제출했던 과제를 돌려받는데, 선생님이 몇몇 아이들의 과제에 대해 언급한다. 인상에 남는 그림이나 사진을 프린트해 영어로 에세이를 쓰는 과제였다. 선생님이 언급하는 과제물 맨 아래에 내 에세이가 있다. 선생님 표정으로 보아 꼭 잘해서만은 아닌 것 같다.

"박수리아. 전학 온 학생이지? 시선이 독특하네? 제목이 '불과 열 시간 전까지만 해도'인데……."

아이들이 소리친다.

"보여주세요!"

선생님이 내 프린트물의 사진을 스캔해 모니터 위에 올린다. 구글에서 가져온 사진이다. 바닥을 뒹구는 맥주 깡통, 위스키병, 카펫 위에 떨어진 색색의 풍선, 반짝이 조각들, 벗어던진 신발들, 쓰러진 화분, 넘어진 기타, 먹다 남은 피자, 머리에 고깔을 쓴 채 깨어나지 않은 취객들. 그 풍경 위로 무심히 떠오르는 아침 해.

"좀 철학적인 것도 같고."

선생님이 나를 본다. 이 아이 머릿속에 뭐가 들어 있을까? 하는 눈빛이다. 아이들이 수군댄다. 저게 뭐야? 무슨 의민데? 선생님이 말한다.

"고등학생이니 이런 시선을 갖는 것도 이해는 가는데, 좀 과한 것도 같고. 아직 청소년인데 술 문화가 나오는 장면을 과제물로 쓴다는 것도 좀 그렇고."

나는 파티 전과 파티 후의 풍경을 말하고 싶었다. 불과 몇 시간 전, 부드러운 조명과 흥겨운 음악, 달콤하게 녹아드는 음료와 술과 말과 서로의 몸을 스치거나 밀착하는 흥분의 시간이 지나가고, 냄새와 청소와 분리수거와 숙취가 남아 있는 파티 후의 풍경. 나는 행복이란 게 얼마나 일시적인가를 표현하고 싶었다.

선생님이 묻는다.

"그럼 파티를 하지 말아야 할까?"

"그건 아니고요."

"그럼 뭘 말하고 싶은 거지?"

에세이 내용이 전달이 안 된 걸까? 그럴 수도 있다. 내 영작에 문제가 있을 테니. 나는 대답한다.

"행복은 순간에 불과할 수 있다는 거요."

선생님이 알 듯 모를 듯한 표정을 짓더니 내 프린트물을 내민다. 나는 책상에서 일어나 통로를 따라 걸어간다. 프린트물을 받아오는 내게 아이들의 눈이 쏠린다. 쉬는 시간에 옆자리에 앉아 있던 아이가 프린트를 보자고 한다. 나는 그것을 그녀에게 줘버린다. 내 과제물이 이 아이 손에서 저 아이 손으로 옮겨 간다. 나는 책상 위에 엎드린다. 나는 좀 이상한가?

새엄마와 아빠는 바쁘다. 그들은 쉬는 날에도 집을 비운다. 함께 골프를 치러 갈 때도 있고, 각자 나갈 때도 있다. 그들에게 집은 나가기 위한 곳처럼 보인다. 아빠 집에 온 이후 나는 새엄마와 두 번 더 마주쳤다. 그녀는 나를 보며 환하게 웃었다. 연예인이 카메라를 향해 웃는 것 같았다. 목소리도 밝았다. 새엄마는 굳이 답변이 필요하지 않은 말을 건네곤 내 시야를 벗어났다.

아빠는 애를 많이 쓴다. 나와 마주치면 멈칫한다. 희미한 한 줄기 감탄사가 아빠의 입에서 빠져나온다. 아 참, 내게 딸이 있었지! 내 인생에 변화가 생겼지! 1초에 불과한 그 순간, 아빠는 두 가지 생각을 한다. 아빠가 두 가지 생각을 하는 동안, 나 역시 두 가지 소망을 갖는다. 어른이 되고 싶다. 독립하고 싶다.

마음이 편하지는 않다. 따뜻하지도 않다. 내 집 같지도 않다. 그러나 두 사람은 내게 눈치를 주지 않는다. 어딘지 모르

게 조이거나 불편하게 만들지도 않는다. 차갑지만, 운 좋게
한동안 머물 수 있는 곳이다.

호랑

(9월 15일)

수리아가 이마를 다쳤다. 내 탓이다. 싱크대 위 찬장 문을 열어놨다가 이리되고 말았다. 중간 사이즈 접시 하나를 꺼내고, 그 아래 큰 접시를 꺼낼 생각이었다. 때마침 빈 오므라이스 접시를 싱크대 안에 넣고 가던 수리아가 열린 문 모서리에 이마를 찧었다. 머리를 감싸 쥔 수리아를 보고 처음엔 왜 그런가 했다. 나야 키가 작으니 찬장 문을 열어놓아도 내 인생에 이마를 찧을 일은 없었다. 하지만 수리아는 평균 신장을 넘는다. 모서리는 정확하게 수리아의 이마를 겨냥했다. 이런, 얼마나 아플까!

나는 수리아에게 "미안해"를 남발한다. 아니다. 남발이 아니라 진심이다. 수리아는 괜찮다고 한다. 괜찮다고는 하지만 속눈썹이 촉촉하다. 눈물이 찔끔 났던 것 같다. 나는 수리아를 스툴에 앉힌 뒤, 날아가듯 달려가 구급상자를 뒤진다. 연고와 일회용 반창고를 들고 수리아 앞에 급정거한다. 그새 찧은 부위가 야구장 마운드처럼 부풀어 올랐다. 나는 가열차게 나를 나무란다. 칠칠맞고, 칠칠맞은 백호랑!

상처 위에 연고를 바르고 일회용 밴드를 붙인다. 수리아가 제 혹에 손을 갖다 댄다. 뜨뜻할 거다. 뭐든 해야 한다. 수리아에게 말한다.

"있어봐."

"네?"

"마실 것 좀 해줄게."

"괜찮아요."

"괜찮기는. 난 할 줄 아는 게 요리밖에 없어서 미안한 마음도 그걸로 전해."

그래놓고 한다는 말.

"이마가 뜨끈하니 시원한 주스를 만들어줄게."

말해놓고 보니 그렇다. 사람 놀리는 것도 아니고. 다행히 수리아는 웃는다. 기가 막혀서겠지.

"골라, 수리아. 레몬 아니면 라임?"

"네?"

"민트 잎 넣어서 에이드 해줄게. 레모네이드, 라임에이드?"

좀 생각하더니 수리아가 말한다.

"아무거나요."

이런 대답 싫은 건 아니다. 말 그대로 아무거나 해주면 되니까. 하지만 수리아는 다르다. 원하는 걸 말해 버릇해야 한다. 내 생각은 왠지 그렇다.

"이번엔 내가 고를게, 수리아. 라임! 다음번엔 수리아가 골

라. 아무거나, 이런 거 말고, 원하는 걸. 알았지?"

"네."

물과 설탕을 일 대 일 비율로 졸인 시럽을 냉장고에서 꺼
낸다. 라임 두 개와 신선한 민트 잎도 꺼낸다. 블렌더 안에 물
과 얼음과 시럽과 라임즙과 민트 잎을 넣는다. 스위치를 올
린다. 블렌더 안에서 회오리가 친다. 라임 조각으로 멋을 낸
유리잔에 곱게 갈린 주스를 붓고, 빨대를 꽂아 수리아 앞에
내민다.

"이 오케스트라의 맛을 봐."

수리아의 하얀 손이 유리잔으로 건너온다. 빨대를 문 수리
아가 라임에이드를 한 모금 빨아들인다. 조급증을 참지 못하
고 내가 묻는다.

"어때?"

수리아가 나를 본다. 이제껏 내게 보여주었던 반응 중 가
장 확실한 반응이다. 엄지 척!

수리아

(9월 17일)

졸지에 스타가 되었다. 아이들이 말을 건넨다. 선생님들도 그렇다. 국어 시간이다. 교탁 앞에 서기 무섭게 국어 선생님이 묻는다.

"이 반에 소설가가 있다며?"

선생님의 눈이 아이들 머리 위를 두리번거린다. 아이들의 시선이 일제히 나를 향한다. 선생님이 나를 발견한다.

"너니?"

문학상을 받게 됐다. 일반인을 대상으로 한 청소년문학상이다. 여름방학 전에 응모했던 작품이고, 10대를 주인공으로 한 스릴러다. 정말 당선될 거라고는 생각지도 못했다.

수업이 끝나고 집에 가던 중이었다. 모르는 번호로 전화가 왔다. 상대가 또박또박한 말투로 말했다. 내 작품이 당선됐다고. 나는 어리둥절했다. 보이스 피싱일 거라 생각했다. 그냥 끊으려는데 전화 건너편에서 축하 인사가 쏟아졌다. 한 사람이 아니라 여러 명이었다. 심사위원들이었고, 그중엔 귀에 익은 이름도 있었다. 그제야 진짜로 당선된 거라는 생각이 들었다. 그들은 내 작품이 좋다고 했고, 장래성도 보인다고 말했다. 이것저것 묻기도 했다. 내 나이를 말하자 그들은 놀랐다. 청소년문학상 수상자가 실제로 청소년인 건 처음이라고 했다. 상금도 받는다. 나로서는 거액이다.

전화를 끊고 한동안 길 위에 서 있었다. 얼마나 그랬는지 모른다. 내 옆으로 전동 킥보드가 휙 지나갔다. 그제야 정신이 들었다. 가슴이 마구 두근거렸다. 바로 옆이 빵집이었다. 야외용 탁자와 의자가 놓여 있었다. 나는 그리로 가 앉았다. 전화를 받은 순간을 반복해서 떠올렸다. 심사위원들이 한 말도 반복해서 떠올렸다. 내가 무슨 말을 했는지는 기억나지 않았다. 나이를 얘기했던 것밖에. 나는 한참을 그렇게 앉아 있다가 빵집 안으로 들어갔다. 슈크림빵 두 개를 사 들고 나는 집으로 돌아왔다. 집으로 돌아와서도 한동안 마음이 진정되지 않았다.

"10대 프로파일러 이야기라며?"

선생님이 묻는다.

"몇 살이라고 했지?"

소설 속 주인공은 열여덟 살 소녀다. 그녀는 상대의 심리를 읽는 데 탁월한 재능을 지녔다. 그녀는 경찰의 비밀 조력자가 되어 범죄가 일어나면 현장을 찾는다. 현장에서 단서를 발견하고, 용의자의 심리와 행동을 추정하고, 범인을 잡는 데 결정적인 역할을 한다.

"윤리 쌤이 그러시는데 폭력이 좀 있다더라? 근데 또 울컥

울컥하셨대. 슬픈 얘긴가 봐?"

소녀의 프로파일링 능력이 발현된 건 그녀가 겪은 비극 때문이다. 그녀의 아버지는 누군가의 범죄에 연루된다. 그는 범인을 대신해 감옥에 들어가고, 출감 후 살해된다. 경찰은 수사에 성의를 보이지 않는다. 소녀는 경찰을 대신해 아버지를 살해한 범인을 쫓는다. 그러던 중 뜻밖의 사실을 알게 된다. 이제껏 몰랐던, 자신에게 잠재된 능력. 그녀는 사람의 마음을 읽어낼 수 있고, 작은 단서 하나만으로도 범인의 행동을 추정할 수 있다.

선생님이 출석부로 손을 가져간다.

"10대 프로파일러 이야기라……. 있을 수 있지, 있을 수 있어. 요새 애들 다르거든."

출석부를 펼치며 선생님은 고개를 절레절레 젓는다.

"달라도 너무 달라. 우리 때하곤 완전히 달라."

출석을 부르려다 말고 선생님은 어느 오디션 프로그램에 나왔던 뮤지션 얘기를 꺼낸다.

"걔 누구야? 기타 치는 애. 니들 또래. 걔 실력 봐. 니들 말마따나 미친 거 아니야? 걔 말고 또 있어, 누구더라? 왜들 그렇게 잘해?"

아이들이 선생님 말에 호응한다. 그들은 너도나도 오디션 프로그램에 출연했던 최애 뮤지션들 이름을 늘어놓는다. 제이유나, 김소연, 조프라까야……. 이름은 끝날 줄 모른다. 그

들은 책상을 쾅쾅 내리친다. 그들은 외친다. 절규한다. 장하
은, 김기태, 황현조⋯⋯.

　방에서 책을 읽는데 1층에서 부른다. 새엄마다. 이제 여섯
시가 조금 넘었다. 새엄마가 이렇게 일찍 집에 오는 건 처음
있는 일이다. 거실로 내려가자 새엄마의 얼굴은 복숭아색이
돼 있다. 아빠도 와 있다. 새엄마는 팔짱을 낀 채 나를 보고
서 있다. 호랑 아줌마의 심상치 않은 눈빛이 새엄마와 아빠,
나 사이를 오간다.
　새엄마가 말한다.
　"무슨 상인가 탔다며? 청소년문학상?"
　말의 시작도 끝도 뾰족하다. 연예인 같은 미소도 없다. 미
처 답하기도 전에 새엄마의 말이 날아든다.
　"그런 일이 있으면 말을 해야지. 내 입장이 뭐가 되겠니?"
　새엄마는 담임 선생님의 전화를 받았다. 내가 문학상 받은
일을 축하하며, 학교를 빛낸 학생으로 선정됐다는 전화였다.
새엄마로선 모르고 있던 일이었다. 상을 받았다는 걸 아빠와
새엄마에게 알리지 않았다. 학교에서 먼저 알게 된 건, 출판
사 측에서 신분 확인 겸 간단한 인터뷰가 있어서였다. 실수
했다. 새엄마의 입장을 곤란하게 만들었다. 덩달아 아빠까지
난처해졌다.
　새엄마가 말한다.

"너나 나나 이제 막 만났다, 수리아. 아직 친해질 기회는 없었지. 앞으로도 어떨지 모르겠고. 나는 나대로 바쁘고 너는 너대로 네 시간표가 있을 테니."

새엄마의 눈에 힘이 들어간다. 내 말이 맞지? 하는 눈이다.

"그런데 이것만큼은 알아주었으면 해. 내가 새엄마여서 너한테 잘못한다는 소리는 행여나 듣고 싶지 않아."

새엄마가 말을 끊는다. 그녀가 빤히 나를 본다. 알아들었니? 하는 의미다. 나는 대답한다.

"네."

"앞으로 이런 일 있으면 반드시 알려. 사람 난감하게 하지 말고."

"네."

혼잣말처럼 새엄마가 말한다.

"굳이 안 해도 될 관계를 이제부터 해야 하나 보네."

새엄마가 지긋이 나를 쏘아본다. 그녀가 말한다.

"올라가봐."

올라가보라는데 나는 우물쭈물한다. 그런 나를 보더니 새엄마가 먼저 등을 돌린다. 아빠가 새엄마의 뒷모습에 잠깐 눈길을 주다가 나를 쳐다본다. 순간, 궁금해진다. 내가 문학상을 받은 일에 대해 아빠는 어떻게 생각할까? 자랑스러워할까? 그냥 그런가보다 할까? 너한테 그런 재주가 있단 말이지, 할까? 차마 어색해 입 밖으로 말은 못 하지만 오, 대단한 내 딸! 이럴까?

아빠가 말한다.

"올라가봐라."

나는 돌아선다. 천천히 2층 내 방으로 올라온다.

노크 소리다. 호랑 아줌마가 들어온다. 아줌마의 손에 차와 쿠키 접시가 올라간 쟁반이 들려 있다. 아줌마는 책상 위에 차와 쿠키 접시를 내려놓는다.

"내가 왜 요리사가 됐냐 하면……."

호랑 아줌마가 말한다. 아줌마의 얼굴에 장난기가 어린다.

"난 먹는 게 그렇게 좋더라고? 맛있는 거 먹는 거. 맛있는 걸 먹으면 기분이 좋아지거든. 근데 사 먹으려니 돈이 있어야지! 그래서 요리사가 됐어. 내가 실컷 해 먹으려고."

호랑 아줌마가 자신의 배를 툭툭 친다. 군청색 앞치마 끈이 허리 한 바퀴를 빙 돌아 배 위에 단단히 매여 있다.

"먹다 보니 피하지방이 좀 축적되긴 했지만."

호랑 아줌마가 나를 보며 미소 짓는다.

"그래도 이 정도면 준수한 거야."

안 그래? 하는 얼굴이다. 나는 호랑 아줌마애게 웃어 보인다. 동의의 표시로 고개도 끄덕인다. 호랑 아줌마 배는 별로 나오지도 않았지만.

이내 조용해진다. 호랑 아줌마와 나는 침묵이 흐르도록 봐

둔다. 다른 사람과 이러고 있으면 불편할 것이다. 그런데 호랑 아줌마와는 괜찮다. 마음이 차츰 편안해진다. 기분 전환의 신호라도 되는 듯 호랑 아줌마가 짧고 경쾌한 숨을 내쉰다. 아줌마가 쿠키 접시를 눈짓한다.

"먹어봐. 내가 여기다 마약을 좀 넣었거든. 기분이 좋아질 거야."

제목이 생각날 듯 말 듯하다. 전에 읽었던 소설이다. 답답하다. 뭐더라? 거기 빵 굽는 아저씨가 나온다. 하루도 빠짐없이 빵을 굽는 빵장수다. 밤새 빵을 구워도 돈도 많이 벌지 못하는 빵장수. 그가 생일 케이크를 주문받는다. 주문 날짜에 맞춰 빵장수는 케이크를 굽는다. 생일 주인공 아이의 이름이 들어간 케이크다. 케이크 위에 축구공이든 우주선이든 올라갔겠지. 정성껏 만들었는데 케이크를 주문한 사람은 찾으러 오지 않는다. 다른 사람에게는 팔지도 못하는 케이크.

빵장수는 화가 난다. 그는 매일같이 케이크를 주문한 이에게 전화를 건다. 전화하고 끊고, 전화하고 끊고. 자신이 누구인지 밝히지 않은 채 그는 소심하게 복수한다. 전화를 받는 부부는 두려워한다. 가뜩이나 그들은 아이를 잃었다. 그것도 아이 생일날에. 그러다 괴전화를 거는 이의 정체를 알아낸다. 이 빌어먹을 인간 같으니라고!

부부는 화가 나 빵장수를 찾아간다. 격분한 부부가 소리친다. "당신, 우리 아이한테 무슨 일이 있었는지 알아? 우리 아이는 죽었어! 차에 치여 죽었다고! 생일날에!" 빵장수는 어땠을까? 놀란 그는 허둥지둥 밀대를 내려놓는다. 앞치마를 벗어던지고 정신을 가다듬는다. 그는 두 사람을 위해 의자를 내오고, 그들을 부엌 탁자 앞에 앉힌다. 커피를 끓이고, 버터와 나이프를 가져오고, 오븐에서 갓 구운 빵을 내놓는다. 그가 부부에게 말한다. "뭘 좀 드시고 기운을 차리시지요. 이럴 때 뭘 좀 먹는 일이 별것 아닌 것 같지만……." 이제야 제목이 생각난다. 〈별것 아닌 것 같지만, 도움이 되는〉이라는 소설이다.

부부는 빵장수가 내놓은 빵을 먹는다. 아이를 잃은 탓에 며칠간 제대로 먹지도 못한 그들이다. 그들은 허겁지겁 빵을 먹고, 커피를 마신다. 빵장수는 오븐에서 또 따뜻한 빵을 내놓는다. 부부는 또 빵을 먹고, 커피를 마시고, 빵장수는 또 빵을 내오고…….

나는 호랑 아줌마가 가져다준 찻잔을 두 손으로 감싼다. 따뜻하다. 따뜻한 차를 한 모금 마시고 쿠키를 베어 문다. 차는 향기롭고, 쿠키는 폭신하고 고소하다. 마약이 들어 있는 게 맞다.

호랑

중산이 팔을 툭 친다.

"아직도 그 생각해?"

깜짝이야.

"밥 먹을 준비나 하자고."

중산이 주걱을 든다. 나는 정신을 차리고 썰던 파를 마저 썬다. 눈앞에서 김치찌개가 끓는다. 부글부글. 내 속에서 나는 소리다. 썬 파를 찌개 위에 올린다. 박 원장 부부의 모습이 머릿속에서 떠나지 않는다. 다그치는 천 이사와 멋대가리 없이 보고만 있던 박 원장. 그 앞에서 죄인처럼 서 있던 수리아.

"칭찬 한마디 해주면 어디가 덧나?"

"그쪽 입장에선 그럴 수도 있지."

중산이 밥솥 뚜껑을 연다. 주걱으로 휘휘 김을 쫓는다.

"그럴 수 있는 거 좋아하시네!"

"난감하다잖아. 새엄마지만 엄만데. 아니, 새엄마니까 더 그렇지. 계모라 무관심하단 소리 들을까 봐."

나 역시 그 생각을 안 한 건 아니다. 하지만 무관심한 건 사실 아닌가.

"아무리 그래도 그렇지 열일곱 살짜리가 문학상 받는다는 게 보통 일이야?"

"청소년문학상이라며?"

"청소년문학상은 쉬워?"

"꼭 그렇다는 게 아니라 아무래도 그렇다는 거지."

"그게 무슨 앞뒤도 안 맞는 소리야?"

중산이 밥 두 공기를 푸고 손에 묻은 밥알을 떼어 먹는다.

"밥이나 먹자고."

공깃밥 두 개를 들고 그는 식탁 앞에 앉는다. 나는 가스 불을 끄고 김치찌개 뚝배기를 식탁 위로 옮긴다. 중산의 국자가 대기 중이다. 뚝배기 뚜껑을 열자 중산은 제 그릇에 찌개를 덜어 담는다.

"문학상이고 뭐고 배고파 죽겠어. 낮에 점심도 제대로 못 먹었다고. 요새 우리 부서 폭탄 맞은 거 알지? 분위기 말도 아니야."

그건 사실이다. 그의 부서 관계자와 고위층이 비리에 연루돼 있다는 소문이다. 소문인 줄 알았는데 하나씩 사실로 드러나고 있다. 눈칫밥 먹을 만하다. 그러니 문학상이고 뭐고 눈에 뵈는 게 밥밖에 없겠지. 그래도 마음에 걸리는지 한마디 얹는다.

"낼 당신이 맛있는 거 해줘. 맛있는 거 먹으면 기분 좋아지잖아?"

"그러려고."

나는 내 그릇에 찌개를 덜어 담는다. 수리아를 위해 할 수 있는 일이 있다. 뭘 해줄까? 크고 두툼한 햄버거?

박 원장 부부에 대해선 영 좋은 감정이 생기지 않는다. 수리아를 데려오는 일로 두 사람은 티격태격했다. 박 원장 태도가 더 마음에 안 들었다. 천 이사야 제 자식이 아니니 그렇다 치더라도 박 원장한테는 제 자식 아닌! 제 자식이 온다는데 뭘 그리 고민하는가? 그는 딱히 내세울 것 없는 이유를 들어 아이가 오는 걸 미루었다. 마음을 정한다 싶으면 천 이사가 또 변덕을 부렸다. 그렇다고 그녀 쪽에서 마냥 그럴 수 있는 처지도 아니었다. 그녀 역시 전 남편과의 사이에서 낳아온 백기가 있지 않은가.

"그나저나 아이가 그쪽으로 재능이 있나 봐?"

중산이 찌개에서 큼지막한 돼지고기 몇 덩이를 건져 올린다. 밥이 들어가니 기분이 좋아지나 보군. 수리아 얘기를 또 꺼내는 것 보니.

"재능만 갖고 되는 일이 아니야."

"아 물론 노력도 하겠지."

입에 들어간 뜨거운 고기 때문에 중산은 후, 하며 입김을 분다. 잘도 먹는다. 중산은 무엇이든 잘 먹는다. 잘 먹어서 좋긴 하다.

"어때?"

"뭐가?"

"찌개 맛이 어떠냐고?"

웬 생뚱맞은 질문이냐는 듯 중산이 눈알을 굴린다.

"뭘 그런 걸 물어봐? 새삼스럽게?"

말해놓고 인심이나 쓰듯 중산은 부산히 고개를 끄덕인다.

"아, 맛있어, 맛있다고."

말하는 태도가 마음에 안 든다. 성의가 없다. 중산이 눈을 뚱그렇게 뜬다.

"아, 또 왜!"

"맛있으면 제대로 표현해야 할 거 아냐?"

"어떻게?"

나는 숟가락을 놓고, 오른손을 확실하게 들어 보인다. 중산의 눈앞에 대고, 엄지 척!

멀
리
뛰
기

수리아

(9월 21일)

동네 도서관에서 빌려온 책을 읽는다. 요시다 슈이치의 《악인》이다. 집중이 안 된다. 읽은 페이지를 반복해서 읽는다. 멀리뛰기란 말을 생각한다. 엄마는 정말 멀리 뛴다. 헌책방이 있던 4층 건물의 4층에서 프랑스로.

엄마는 떠났다. 떠나기 전 엄마는 공항에서 내게 전화했다. 나를 보고 가려 했는데 갑작스럽게 출국 날짜가 정해졌다고. 주변이 소란스러웠다. 누군가 엄마에게 말을 걸었다. 엄마는 응, 응, 하고 대답했다. 두 사람 사이에 짧은 대화가 오갔다. "정신이 하나도 없네." 엄마가 중얼거렸다. "내가 너한테 무슨 말을 하려고 했는데……." 엄마는 뭐였더라, 뭐였더라, 했다. 나는 엄마 말이 끝나면 문학상 받은 얘기를 해야겠다고 생각했다. 엄마가 말했다. "이런, 배터리가 다 됐네." 엄마는 다시 연락하겠다며 전화를 끊었다.

오늘 다이어리에 쓴다. '멀리뛰기.'

침대 위에 눕는다. 바로 누웠다가 옆구리를 대고 눕는다. 두 팔로 베개를 그러안는다. 내 안에서 이는 서늘한 바람이 잦아들기를 기다린다. 외톨이 신발짝이 떠오른다. 동강 난

열쇠도. 칼로 도려낸 무 꼬다리, 새는 젖병, 구둣발에 밟힌 안경, 아무도 줍지 않는 10원짜리 동전⋯⋯. 나는 온갖 버려진 것들을 떠올린다. 엄마는 최소한 조용한 데서 전화할 수는 없었을까? 나와의 대화에 집중할 수 있는 곳에서? 엄마는 무슨 말을 하지 못해 답답해했을까? 보고 싶을 거라는? 그리울 거라는? 웃음이 나온다. 우스운 일은 아니지만.

내가 아는 건, 나는 혼자라는 사실이다. 두렵거나 아파도 나를 찾아줄 사람은 없다. 나를 위해 슬퍼할 사람도 없다. 내가 문학상을 받았다고 해서 기뻐해줄 사람도 없다. 나는 혼자다. 완전한 혼자.

살금살금, 고양이 발 같은 생각 하나가 내 안에 발을 디민다. 따스하고 보드라운 발. 그 작은 발만큼의 온기가 내 마음에 전해진다. 고양이 발이 말한다. "어디론가 가고 있다면 혼자는 아닌 거야." 나는 묻는다. "내가 어디로 가는데?" "그거야 네가 알겠지." "그게 혼자가 아닌 거랑 무슨 상관이야?" "앞서가는 무언가를 따라간다는 거거든. 나란히 가거나." "나한테 판타지를 심어주려는 거야?" "있어, 그런 거. 별 같은 거." "별이라고?" 나는 힘이 빠진다. "그런 말이 위로가 될 거라고 생각해?" "고작 위로나 받고 말겠다면 할 말 없고." "계속해봐." "있다는 거지. 널 이끄는 힘 같은 게. 그렇다면 혼자는 아니야." "그래도 외로워." "걔도 외로워." "걔가 누군데?" "별 같은 거. 이끄는 힘 같은 거. 안 알아주서는. 완전 너한테

만 속해 있는데."

　비슷한 것 같기도 하다. 내 생각과 고양이 발 생각이. 불행한 것 같아도 완전히 불행한 건 아니라는 것. 내가 원하는 게 무언지 알 것 같을 때, 시간이 지나도 그게 변치 않을 때, 계속 불행할 것 같지만은 않다는 것. 나는 나를 앞서가는, 내 머리 위에 동동 떠서 나와 발을 맞추는, 별 같은 무언가를 그려본다. 진짜 그럴지도 모를 거라는 생각을 하며.

수리아

(9월 29일)

시상식에 간다. 공모전 관계자들을 만난다. 그들 중 하나가 고개를 쑥 빼고 내 뒤쪽을 기웃한다. 그가 묻는다.

"혼자 왔어요?"

"네."

사람들은 내가 훌륭한 작가가 될 거라고 추켜세운다. 그들은 열아홉 살에 데뷔했다는 프랑스 작가를 언급한다. 프랑수아즈 사강이라는 작가다. 나는 그녀의 이름이 참 프랑스답다고 생각한다. 데뷔작은 《슬픔이여 안녕》이라고. 읽어보지 못한 소설이다. 그런데 그녀에게 슬픔은 무얼까? 벗어던질 수있는 무엇? 정든 모자 같은 것? 나도 언젠가 슬픔을 벗어던질수 있을까? 그건 아닐 거다. 옆구리나 팔꿈치를 벗어던질 수는 없다. 프랑수아즈 사강 때문일까? 엄마가 절로 떠오른다.

사진을 찍는다. 주최 측에서 준 상패와 꽃다발을 안고, 나는 카메라 앞에서 웃는다. 최연소 작가란 호칭이 붙여진다. 쏟아지는 찬사에 쑥스러우면서도 기분이 좋다. 나는 기자를 만나고 인터뷰에 응한다. 내가 고등학생이어서 그런지 부모님에 대한 질문이 끊이지 않는다. 어디서도 부모님에 대한 이야기는 피할 수 없다.

"부모님께서 좋아하시겠어요?"

"상을 타니까 부모님이 뭐라고 하세요?"

"부모님이 글쓰기에 어떤 식으로 도움을 주시나요?"

곤란한 말들은 계속 이어진다.

"부모님한테 한 말씀 하시죠."

가족을 소개해야 했던 시절이 있었다. 유치원부터 초등학교 어느 시점까지였다. 가족 그림을 그리거나 가족사진을 갖다 내야 했다. 나는 엄마를 그리고, 그 옆에 기억에도 없는 아빠를 그렸다. 어떻게 그려야 할지 몰라 헌책방 아저씨 얼굴을 그렸다. 그리는 건 그래도 해볼 만했다. 사진을 내야 할 때는 난감했다. 헌책방 아저씨 사진을 낼 수는 없었다. 엄마와 나, 둘만 찍은 사진을 냈다. 반 아이들 가족사진이 복도에 걸렸다. 복도를 지나다니는 아이들이 그것들을 보았다. 나는 내게 결핍이 있음을, 지속적으로 인지해야 한다는 사실을, 알게 되었다. 나는 내게 결핍이 있음을, 지속적으로 공개해야 한다는 것도, 알게 되었다.

편집자 선생님을 만난다. 내 책을 만들어줄 분이다. 그녀는 꼬박꼬박 나를 작가님이라고 부른다. 내게 존댓말을 쓰고 정중하게 대해준다. 필요 이상으로 정중해서 거리감을 느낄 정도는 아니다. 작가를 대하는 태도가 몸에 밴 것 같다. 어린 작가라고 해서 예외로 두지 않는.

편집자 선생님과 사내 카페에 간다. 마실 것을 들고 창가 자리에 앉는다. 편집자 선생님은 아이스티, 나는 사과주스. 자리에 앉자마자 편집자 선생님이 말한다.

"축하해요, 작가님."

"아, 네……."

아, 네, 라니. 축하 인사를 받으면서. 감사합니다, 라고 해야 하는 것 아닌가. 편집자 선생님이 내 얼굴을 살핀다. 그녀가 묻는다.

"작가님, 괜찮아요?"

얼굴에 드러난 걸까? 내 안의 불안이?

시상식이 진행될 때만 해도 괜찮았다. 나는 불안하지 않았다. 긴장되고 쑥스러웠지만, 뿌듯하고 으쓱했다. 그런데 더럭 겁이 났다. 나는 있지도 않은 일을 상상했다. 다음 작품을 못 쓰면 어떡하지? 썼는데 형편없으면 어떡하지? 그러면 그렇지, 열일곱 살짜리가 무슨, 이런 말을 들으면 어떡하지? 어린 애가 운이 좋았던 거야, 이러면?

운. ……그래, 운이다. 운이 좋았던 거다. 열입곱 살짜리가 쓴 글치고는 읽어줄 만했던 거다. 나이가 어리니 기회를 한 번 준 거였다. 장래성이 보인다는 말도 그래서 했을 것이다.

나는 편집자 선생님에게 고백한다. 두렵다고. 내가 당선된 건 운이 좋아서였던 것 같다고. 격려 차원에서 뽑아준 것 같다고. 다음 작품을 제대로 쓸 수 있을지 확신이 안 선다고. 듣고 있던 편집자 선생님이 말한다.

"심사위원 선생님들은 작품만 보고 뽑아요. 작가에 대해 아무것도 몰라요. 애초에 아무런 정보가 주어지지 않아요. 나이가 몇 살인지, 여잔지, 남잔지, 어디에 사는지, 전화번호가 무언지. 오로지 작품만 보고 뽑아요. 작가님 작품은 거기서 뽑힌 거예요. 수백 편의 작품들 중에서 작가님 작품이. 그러니 자부심을 가져요."

편집자 선생님의 말이 나를 감동시킨다. 내가 중요한 사람이라는 생각을 갖게 한다. 어쩌면 나는 나 자신을 이제껏 과소평가해왔는지 모른다. 괜찮은 나를 시시한 사람으로 만들어왔는지도. 괜한 열등감으로 나 자신을 상처 냈는지도. 그게 습관이 됐는지도. 얼마 전만 해도 그렇다. 버려졌다는 생각을 하지 않았던가. 나는 엄숙해진다. 나는 버려지는 존재가 아니다. 누구도 나를 버릴 수 없다. 나는 중요한 사람이다. 나는 나다. 수리아, 그리고 작가다.

나는 계약서를 쓴다. 계약서에 내 이름과 주소와 연락처를 쓴다. 상금을 받을 은행 계좌 번호도 적어넣는다. 편집자 선생님은 세금을 제외한 상금이 입금될 거라고 한다. 계약서에 내 사인이 들어간다. 그 옆에 출판사 도장이 나란히 찍힌다. 얼떨떨하다. 당선 전화를 받았던 그날처럼. 그러면서도 자랑스럽다. 나는 작가로서 출판사와 계약을 맺었다. 세금도 낸다. 어른이 된 기분이다.

편집자 선생님에게서 책이 만들어지는 과정에 대해 듣는다. 교정 교열 작업이 있을 거라고 한다. 작품 속에 혹시라도 있을지 모를 오탈자와 띄어쓰기를 바로잡고, 문장을 다듬는 일이다. 안 그래도 아쉬운 부분이 있었다. 이야기 속에 충분히 표현되지 못한 부분이었다. 응모한 뒤에야 그 생각이 떠올랐다. 주인공을 너무 냉철한 프로파일러로만 그렸다. 그녀의 프로파일링 능력은 범인을 쫓다 발현되었다. 아빠를 죽인 범인. 그러니 범인을 쫓을 때 냉철할 수만은 없을 것이다. 아빠에 대한 그리움과 아픔이 좀 더 섬세하게 그려져야 한다. 고칠 수 있는 기회가 주어져서 다행이다.

꽃다발과 상패를 들고 나는 집으로 향한다. 내 책이 어떤 모습으로 나올지 상상해본다. 제목은 달라질까? 어떤 종이에 활자가 찍힐까? 만질만질한? 미세한 질감이 있는? 책 표지는 어떻게 나올까? 내 책을 상상할 때마다 자꾸 웃음이 나온다. 누가 보면 이상한 애라고 할 거다. 길을 걸으면서 혼자 웃다니.

호랑

수리아가 꽃다발을 들고 들어선다. 여느 때보다 이른 시각이다. 겨우 두 시가 넘었을 뿐인데.

시상식이 있었다고 한다. 혼자 다녀왔다고. 세상에나, 미리 알았더라면 나라도 쫓아갈걸! 우리 딸이 상을 받는다면 혼자 보냈겠나! 중산이라면 난리가 났을 거다. 월차를 내고, 양복을 차려입고, 가장 좋은 넥타이를 맸을 것이다. 시상식에선 어땠겠는가? 수상 소감 들으며 눈물짓고, 꽃다발 건네며 눈물짓고, 딸내미 안으며 눈물지었겠지. 겸손한 척하면서도 자기가 아버지임을 알리며 꽤나 으스댔을 테다. 시상식이 끝나면 고급 식당에서 식사를 했을 것이고, 밥을 먹다가도 울컥했을 거다. 우리 딸, 우리 딸, 하면서. 그러는 중산을 나는 옆에서 놀렸겠지. 속으론 나도 울컥하면서. 그러는 거다. 그게 가족이다. 그런데 수리아는 혼자 다녀왔다. 엄마가 없는 것도 아니고, 아빠가 없는 것도 아닌데.

나는 부산을 떤다. 안 그래도 급하게 시장에 가려던 참이다. 천 이사가 문어숙회를 주문했다. 선물할 데가 있으니 정성껏 준비해달라고. 나는 수리아 앞에서 쇼를 한다.

"수리아, 나 좀 도와줄래?"

"뭔데요?"

"수산시장 가서 사 올 게 있는데 들고 올 생각을 하니 좀 그래서."

"아, 네……."

가겠다는 네, 가 아니라 무슨 말인가 하는 네, 다. 한 줄 설명이 더 필요하다. 나는 한쪽 팔을 잡으며 인상을 조금 찡그린다.

"오늘따라 팔에 힘이 없어서. 삐끗한 건지 영 시원찮네. 시장엘 안 갈 수도 없고."

사실 내 팔은 멀쩡하다. 중식당 주방에서 뭐이라도 흔들 수 있다. 중식당 요리사들 팔뚝 하나는 알아줘야 한다. 뜨거운 화덕 앞에서 웍질 할 때 보통 간지 나는가! 슉슉, 슉슉.

"네, 그럴게요."

"미안해서 어쩌지?"

"괜찮아요."

성공이다. 착한 수리아. 바람이라도 쐴 겸 가자고 했다면 안 갔을 거다. 방에서 책을 읽겠다고 했겠지. 하지만 이런 날은 좀 달라야 한다. 법석을 좀 떨어야 한달까? 뭐라도 해주고 싶다. 이참에 수리아가 뭘 좋아하는지 알고도 싶고, 작은 선물이라도 하나 해주고 싶고.

"가방 놓고 올게요."

수리아가 2층으로 올라간다. 나는 앞치마를 벗는다. 갑자기 기분이 좋아진다. 나는 양 손바닥을 한번 짝, 마주친다.

데리고 나오길 잘했다. 수리아는 기대했던 것보다 훨씬 즐거워한다. 매대 위에 올려진 갖가지 생선과 수조 속에 담긴 어패류를 보며, 수리아는 눈을 반짝인다. 수산물시장에 처음 와봤다고 한다. 해산물은 마트에서 사 먹거나, 냉동된 홈쇼핑 상품을 택배로 받았다고. 일하는 엄마와 살다 보면 그럴 수밖에. 어지간히 생물을 좋아하지 않고서야 수산시장을 찾는 일이 어디 그리 쉽겠나.

문어 사냥에 나선다. 즐비하게 늘어선 가게들을 지나 단골 가게로 직진한다. 20년 이상 알고 지낸 주인이다. 나는 3킬로짜리 참문어를 고른다. 색깔도 좋고 껍질도 매끄럽다. 주인이 수리아를 보며 누구냐고 묻는다. 나는 눈을 찡긋한다.

"우리 막내딸."

수리아가 웃는다. 거부감 같은 건 없어 보인다. 그보다는 수족관 속의 문어들을 수줍게 가리킨다. 참문어와 돌문어가 어딘가 다른 것 같다고. 호기심을 보여준 수리아가 고마워 나는 둘의 차이를 설명하는 데 열을 올린다. 색깔이 어쩌고, 다리 길이가 어쩌고, 껍질이 어쩌고, 식감이 어쩌고.

주인이 문어가 든 스티로폼 박스를 내민다. 수리아가 얼른 그것을 받아 든다. 내가 손을 내민다.

"무거워, 수리아. 내가 들어."

수리아가 스티로폼 박스를 제 쪽으로 당긴다.

"제가 들게요."

"무슨 소리!"

"팔 불편하다고 안 하셨어요?"

"팔? 팔이 어쨌는데?"

깜빡했다. 팔이 아프다고 했지. 삐끗했다고 했던가? 어느쪽 팔이라고 했지? 오른쪽? 왼쪽? 어쨌거나 수리아가 들게할 순 없다. 3킬로짜리 문어에 수족관 물까지 넣어 포장했다. 4킬로는 될 거다. 잠깐은 몰라도 금세 지칠 거다. 즐거운 기억을 남겨줘야 하는데 지치면 어쩌겠나! 나는 한쪽 어깨를 윙윙 돌려 보인다. 반대편 어깨도 윙윙 돌려 보인다. 나는 중얼거린다.

"어라, 희한하게 괜찮네."

"괜찮으세요?"

"멀쩡해."

"그래도 제가 들게요."

수리아가 기어이 박스를 든다. 제가 원해서 하는 일이다. 그래, 그러자, 수리아. 그대는 젊다. 이 백호랑이 호사를 누리는 것도 얼마 만이냐.

"좋아하는 해산물이 뭐야, 수리아? 뭐든 골라. 해줄게."

"아무거나요."

"아무거나 말고."

"해산물 다 좋아해요."

나는 걸음을 딱 멈추고 수리아를 쳐다본다. 집게손가락을 들어 허공을 콕 찍는다.

"레몬이야, 라임이야? 원하는 걸 골라. 수리아가 가장 먹고 싶은 걸로. 도미스테이크? 감바스? 아구찜? 광어매운탕?"

과제를 수행하듯 수리아는 시장을 반 바퀴쯤 돈다. 그러다가 멈춘다. 살아 있는 꽃게가 그득한 대형 양동이 앞이다. 꽃게찜이 먹고 싶다고 한다. 나는 손바닥을 좍 펼친 것만큼이나 커다란 수컷 꽃게 네 마리를 고른다.

건어물 코너로 간다. 쇼핑 목록을 보려고 쪽지를 꺼내다가 떨어뜨린다. 수리아가 냉큼 쪽지를 집어 든다. 건어물을 둘러보며 나는 묻는다.

"내가 뭘 사야지?"

수리아가 쪽지를 펴 사야 할 품목을 읽어준다.

"다시마, 건새우, 황태요."

나는 최상품 다시마와 건새우와 황태를 고른다. 값을 치르고 주인에게서 건어물을 건네받는 동안 수리아는 이면지를 뒤집어 그림을 본다. 흰 모자를 쓰고, 앞치마를 두른 제빵사 고양이다. 까망이. 수리아가 미소 짓는다.

집으로 오는 길에 케이크 전문점에 들른다. 개업한 지 100년이 되어가는 빵집이다. 알고 지내는 매니저가 미리 부탁해놓은 케이크를 내놓는다. 촉촉하고 부드러운 시트 사이사이로 시럽과 생딸기가 아낌없이 들어간 생크림케이크다. 케이크 위의 레터링도 깔끔하다. 투명한 딸기색으로, 축, 당선.

수리아에게 말한다.

"직접 만들어주고 싶지만, 시간이 없으니 이 케이크로 대신할게."

나는 안쪽을 눈짓하며 속삭인다.

"내가 만드는 것만 못하지만, 이만한 케이크 만드는 집도 흔치 않아."

빵집을 나와 바로 옆에 있는 꽃집에서 장미 한 다발을 산다. 수리아를 위한 꽃다발이다. 케이크와 꽃다발을 들고 수리아와 나는 집으로 돌아온다.

양복을 벗으며 중산이 말한다.

"수리아가 좋아했겠네?"

"좋아했지."

"게를 쪄줬어?"

"얼마나 잘 먹는지."

"가을 게니까 살이 많았겠네."

"달기는 또 얼마나 달고."

중산이 소파에 털썩 앉는다. 그가 눈을 끔벅인다. 흘러간 사랑이라도 그리듯 눈빛이 애틋하다. 중산이 침을 꼴깍 삼킨다.

"우리도 게 한번 쪄 먹자고."

그가 추억을 불러들인다.

"봄에 먹었던 게장 말이야. 그 알이 꽉 차고, 노란, 어떤 건 홍시 색깔이었지. 거 참 맛있었는데……."

중산이 와이셔츠의 넥타이를 좌로 한 번, 우로 한 번 돌린다. 그의 게 사랑이 돌아가신 시어머님에게로 훌쩍 넘어간다.

"어머니 생각나네."

시어머님 요리 솜씨는 일품이었다. 그릇을 고르거나 음식을 담는 안목도 그만이었다. 시어머님 시그니처는 양념게장이었다. 알이 꽉 찬 게로 비린내 하나 없이 게장을 무쳤다. 좌르르 윤기가 도는 양념게장에 중산과 나는 뚝딱뚝딱 밥을 해치웠다. 보는 듯 안 보는 듯 지켜보다가 어머님은 얼른 밥공기를 채워주셨다. 정성껏 음식을 만드는, 체구가 작고 조용한 여인네를 보고 있노라면 마음이 뭉클해지곤 했다. 음식을 만든다는 건 단순한 마음에서 비롯된다. 먹이고 싶은 마음. 단순한 마음에 비해 음식을 만드는 건 쉽지 않다.

"생각나?"

중산이 웃는다.

"어머니 말이야. 그때 펄펄 뛰는 게 손질하다가……."

게를 손질하다가 어머님은 손을 다쳤다. 게에게 부엌 가위를 들이댔을 때였다. 게는 당하고만 있지 않았다. 목숨이 달아나는 판이었다. 자신을 하찮은 먹거리로만 대하는 상대에게 게는 강력히 저항했다. 집게발을 들어 최후의 복수를 한 것이다. 손가락을 물린 시어머님이 말했다. "그 녀석 성질 한번 고약하네!" 어머님 손이 걱정되면서도 중산과 나는 웃음을 참을 수 없었다. 아, 게 입장에서야 한 생이 끝장나는 마당에…….

신기한 건 그 말을 나도 했다는 거다. 수리아에게 꽃게찜을 빨리 먹이고 싶었다. 씻은 게를 냄비에 넣다가 팔목을 긁혔다. 꽃게를 노려보며 나는 성을 냈다. "그놈 성질 한번 고약하네!" 보고 있던 수리아가 웃었다. 그러다가 서둘러 웃음을 거두었다. 수리아가 물었다. "괜찮으세요?" 눈은 여전히 웃고 있었다. 나도 절로 웃음이 나왔다. 시어머님 생각이 났다. 한 생이 끝장나는 마당에…….

수리아는 찐 게를 맛있게 먹었다. 빨갛게 익은 게를 세 마리나 먹었다. 보기만 해도 흐뭇했다. 음식을 만든다는 건 단순한 마음이다. 먹이고 싶은 마음.

수리아

(10월 8일)

호랑 아줌마와 컵케이크를 만든다. 투명한 볼 위에 체를 올리고, 밀가루를 붓는다. 베이킹파우더와 소금이 들어간 밀가루다. 안 그래도 고운 가루가 더 고운 가루가 되어 체 아래로 쏟아진다. 솔솔, 폴폴, 솔솔, 폴폴. 볼 안에 희고 고운 산봉우리가 생긴다. 밀가루 산이 이렇게 예쁠 수가.

컵케이크를 만들기 전에 호랑 아줌마가 물었다. "어떤 컵케이크가 먹고 싶어, 수리아? 바닐라크림컵케이크? 초콜릿크림컵케이크?" 나는 어느 것이든 좋았다. 아무거나 좋다고 말하려는데 호랑 아줌마가 집게손가락을 치켜세웠다. 아줌마는 손가락으로 허공을 콕 찍었다. 수산시장에서 그랬던 것처럼.

무슨 말인지 알 것 같았다. 레몬인지 라임인지 골라야 했다. 나는 어느 쪽이 좋을지 생각해보았다. 생전 처음 만들어보는 컵케이크다. 좀 더 쉬울 것 같은 쪽을 택했다. "바닐라크림컵케이크요." 호랑 아줌마가 눈을 내리떴다. 새초롬한 표정으로 아줌마가 말했다. "탁월한 선택! 바닐라크림컵케이크 베이킹 작업 개시!"

스테인리스 볼 안으로 버터 덩어리가 점프한다. 흰 설탕이 낙하한다. 볼 안에서 전기 반죽기가 작동한다. 반죽기의 날들이 빙글빙글 돌아간다. 달콤한 버터 속으로 달걀이 다이빙한다. 버터밀크와 바닐라 농축액과 체에 거른 밀가루도 합류한다. 반죽이 만들어진다. 왈츠를 춘다. 쿵작작, 다라라, 쿵작작, 다라라.

"컵케이크 컵!"

"예, 셰프!"

호랑 아줌마는 대장이고, 나는 조수다. 나는 내 역할이 마음에 든다. 대장의 명령에 따라 유산지 컵이 줄줄이 놓인 컵케이크 팬을 대령한다. 대장이 아이스크림 스쿱을 든다. 컵 안에 컵케이크 반죽을 한 스쿱씩 떠넣는다. 네 컵을 떠넣고 대장은 조수에게 스쿱을 넘긴다. 조수는 서툰 솜씨로 스쿱을 다룬다. 낑낑, 낑낑. 서툰 조수에게 대장은 엄지손가락을 치켜든다. 늠름히. 조수 기분이야 그만이다. 예열된 오븐 속으로 열두 개의 컵케이크 반죽이 들어간다. 오븐에서 고소한 냄새가 피어오른다.

"바닐라크림 프로스팅 작업 개시!"

"예, 셰프!"

볼 안에 새로운 조합이 만들어진다. 상온에서 부드러워진 크림치즈와 베일처럼 쏟아지는 하얀 설탕과 잘 부풀려 올린 휘핑크림과 바닐라 농축액이 빙글빙글 돈다. 마술 같은 질감이 만들어진다. 크림, 하고 발음해본다. 크림처럼 크림다운 이름이 또 있을까? 크림!

대장이 짤 주머니 안에 크림을 채운다. 잘 구워진 컵케이크가 대기 중이다. 빙그르르, 짤 주머니가 회전한다. 눈 깜짝할 사이 컵케이크는 모자를 쓴다. 소복하고 귀여운 크림 모자. 대장이 조수에게 짤 주머니를 넘긴다. 서툰 조수가 모자를 씌운다. 낑낑, 낑낑. 대장의 모자보다 못난 모자다. 대장은 엄지손가락을 치켜든다. 못난 모자를 보며, 늠름히.

수리아

(11월 4일)

책이 나왔다. 편집자 선생님 말로는 빛의 속도로 나왔다고 한다.

"작가님 책을 독자들이랑 빨리 만나게 해주고 싶었어요. 곧 방학이기도 하고. 어때요? 마음에 들어요?"

나는 내 책을 손으로 쓸어본다. 표지의 질감이 손바닥에 와닿는다. 기분 좋은 소름이 돋는다. 조판에 들어간 이후 책이 만들어지는 과정을 틈틈이 메일로 전달받았다. 막상 만들어진 책은 모니터로 보던 것과는 차원이 달랐다. 내 손에 와닿는 책의 촉감, 내 손에 전해지는 책의 무게. 깔끔한 모서리, 튼튼한 척추처럼 버티고 있는 책등. 나는 책을 펼친다. 책장이 넘어가는 소리, 책 속에 찍힌 수많은 활자들, 책에서 풍기는 종이와 잉크 냄새.

나는 간신히 대답한다.

"신기해요."

편집자 선생님이 웃는다. 그녀는 나만큼이나 기뻐한다. 나는 몇 번이고 책을 어루만진다. 원래 제목은 '고래'였는데, '고래를 쫓아서'로 바뀌었다. 제목 아래 내 이름이 당당히 쓰여 있다. 박수리아 장편소설.

표지가 예쁘다. 책의 내용과도 어울린다. 디자인 팀에서는 네 가지 시안을 주었다. 한 노르웨이 화가의 아크릴화라고 했다. 모두 다 훌륭했다. 어느 걸 골라야 할지 모를 정도였다. 어쨌든 그중 하나를 골랐다. 그냥 볼 때도 좋았는데 표지가 되어 나오니 완벽하다는 생각이 든다. 그림의 임자가 처음부터 내 책이었던 것처럼. 그림 속에 지붕들이 보인다. 다닥다닥 붙어 있는 수많은 지붕들. 그중 하나가 노란 지붕이다. 노란 지붕 위에 맨발의 소녀가 서 있다. 그녀는 등을 돌린 채 먼 바다를 본다.

편집자 선생님이 말한다.

"잘 나왔죠?"

"집에 가서 빨리 읽고 싶어요."

편집자 선생님이 소리 내어 웃는다. 나는 그녀에게서 책 두 권을 받아 든다.

"작가님 앞으로 책이 더 갈 거예요. 무거우니 택배로 보내줄게요."

출판사를 나와 지하철을 탄다. 가방 속에 들어 있는 책의 무게를 느낀다. 꺼내보고 싶은 마음을 겨우 참는다.

책상 앞에 앉아 책을 펼친다. 소설의 목차를 천천히 따라 간다. 어느 글자 하나도 그냥 넘겨지지 않는다. 책날개에는 내 사진이 실려 있다. 사진작가 선생님이 찍어준 사진이다. 그가 카메라를 들이댔을 때, 나는 쑥스러웠다. 좀처럼 얼굴이 펴지지 않았다. 선생님은 그런 나를 그냥 찍었다. 웃으라고도, 포즈를 취하라고도 하지 않았다. 다 찍은 사진을 넘겨보며 그가 말했다. "좋아요. 작가 본연의 모습이에요. 나, 할말 많아요, 하는 얼굴."

아홉 시가 조금 넘어 아빠가 도착한다. 새엄마는 아직이다. 번거로움을 피하기 위해 나는 새엄마가 오기를 기다린다. 30분쯤 지나서 차 들어오는 소리가 들린다. 새엄마다. 나는 책을 들고 1층으로 내려간다. 노크를 하자 아빠가 방문을 연다. 나는 아빠에게 책을 내민다.

"책이 나와서요."

아빠가 책을 받아 든다. 거리를 조금 두고 아빠는 책을 비스듬히 내려다본다. 새엄마는 보이지 않는다. 옷방에 있는 것 같다. 아빠가 책에서 눈을 뗀다. 나를 보며 아빠가 말한다.

"수고했다."

아빠는 들고 있는 책으로 방 안쪽을 가리킨다.

"내가 얘기하마."

나는 내 방으로 돌아온다.

호랑

(11월 5일)

중산이 와서 책 표지를 쓱 본다.

"이게 그거야?"

"그거라니?"

"수리아 그 아이 책이냐고?"

"수리아 그 아이 책이 아니고 수리아 책이야."

중산이 돌아선다.

"애들 책은 애들 책이네."

"어딜 봐서?"

"표지 그림이 애잖아."

이렇게 무식할 수가……. 나 역시 어디 가서 문학을 입에 올릴 처지는 아니지만, 지금 이 순간, 나는 왜 중산을 남편으로 선택했는지, 그것이 알고 싶다. 지적인 남편을 가진 여인네가 심히 부러워지는 순간이다.

수리아에게서 책을 받았다. 갓 지은 밥처럼 따끈따끈한 책이다. 표지를 넘기자 푸른색 속지에 수리아의 손글씨가 쓰여 있다. '호랑 아줌마께. 항상 따뜻하게 대해주셔서 감사합니다. 수리아 드림.' 나는 작고 가지런하고 단정하게 쓰인 글씨를 내려다보다가 수리아에게 물었다. 안아줘도 되냐고. 섬세하고 수줍음이 많은 아이다. 내 기분에 덥석 끌어안으면 당황할지도 몰랐다. 수리아가 미소 짓더니 고개를 끄덕였다. 나는 수리아를 안아주었다. 수리아가 나를 마주 안았다. 나를 안는 수리아의 손은 조심스러웠다. 누르면 폭삭 들어가는 슈크림의 슈를 만지듯.

나는 책 표지를 쓰다듬는다.

"읽어야지."

중산이 돌아본다.

"당신이 책을 읽어?"

"그럼 읽지 안 읽어?"

중산의 얼굴에 비웃음이 번진다.

"책 읽는 걸 본 적이 있어야지."

"이거 왜 이래? 나 책 읽어."

"본 적 없는데?"

"읽었다고."

"언제?"

"그게……."

오래되기는 했다. 셰프에 관한 책이었다. 뉴욕의 한 유명 잡지사 기자가 다니던 직장을 때려치우고 셰프로 거듭나는 이야기. 그는 제 호기심이 이끄는 곳이라면 어디든 갔다. 가서 배있다. 런던의 까다롭고 유닝한 요리사에게든, 이탈리아의 산골 마을 요리사에게든. 열정으로 무장했던 젊은 시절을 떠올리며, 감상에 빠져든 채 읽었던 책이었다.

중산이 코웃음 친다.

"고려적에 읽었겠지."

"그러는 당신은? 책 한 권이라도 읽었어?"

"읽었지."

"언제?"

"옛날에. 지금은 아니지만."

"제목 대봐."

중산이 거실 모서리를 향해 시선을 돌린다. 눈을 껌뻑껌뻑하더니 그가 말한다.

"사랑과 야망."

"사랑과 야망?"

어디서 많이 들어본 제목이다. 중산이 턱을 만진다. 말해놓고 자기도 뭔가 이상하다는 눈치다.

"그거 책 맞아?"

중산이 고개를 갸웃한다.

"드라마 아니야?"

나는 빵 터진다. 들고 있던 수리아의 책을 놓친다. 헛손질한다. 웃겨서 주울 수가 없다. 배를 쥐고 소파 위를 구른다.

수리아, 우리가 이러고 살아!

소문

수리아

(11월 12일)

내 책이 학교 도서관에 비치되었다. 학교를 빛낸 학생이라며 상장도 받았다. 선생님들과 아이들이 전보다 친밀하게 나를 대한다. 그럼에도 불구하고 나는 그들과 거리를 둔다. 여전히 점심시간을 홀로 보낸다. 갑자기 달라지는 내가 어색해서다. 무례해 보이고 싶지는 않다. 말을 하지 않고도 마음이 전달되는 방법을 생각해본다. 내 책을 반 아이들에게 선물하면 어떨까? 누구와도 친하게 지내본 적이 없다. 어떻게 해야 할지 잘 모르겠다.

복도를 지나가는데 교장 선생님이 나를 불러 세운다. 만면에 웃음 띤 얼굴이다. 목소리에 유독 힘이 들어가 있다. 나밖에 없는데 전교생을 앞에 두고 말하는 것 같다.

"박수리아? 소설가 학생 맞지?"

뜬금없는 상상을 한다. 교장 선생님이 중국집에서 음식을 주문하는 상상. 위엄찬 목소리로, 여기 짜장 하나!

"만나서 반갑군, 박수리아 학생."

그에게서 칭찬이 쏟아져 나온다. 창의성이 풍부하고, 일찌감치 꿈을 발견한 10대이며, 자신의 길을 가기 위해 부단히 노력하는 내게 아낌없는 박수와 격려를 보낸다고. 그러더니 턱을 내려 목살을 두툼하게 만든다. 교장 선생님이 목소리를 깐다.

"그런데 세상을 너무 어둡게 보는 건 아닌가?"

어떤 훈계가 이어질지 예측 가능하다. 서스펜스가 사라진 스릴러 소설 같은 느낌.

"제목은 멀쩡한데 내용이 영……."

《고래를 쫓아서》는 제목에 고래가 들어가긴 하지만, 고래 이야기는 아니다. 폭력과 범죄에 희생된 한 가족과 그 일을 계기로 프로파일러의 길을 걷게 된 10대 소녀의 이야기다. 밝고 화창한 내용을 기대했다면 잘못 선택한 책이다.

"내용이 너무 어두워. 우울하고, 폭력적이고."

복도를 지나가던 학생들이 쳐다본다.

"살인이니 폭행이니 이런 얘기, 좀 그렇지 않나?"

교장 선생님이 뒷짐을 진다. 아이들의 발걸음이 느려진다.

"아직 나이도 어리고 학생인데 긍정적인 이야기를 써야 하지 않을까?"

교장 선생님이 고개를 쳐들고 어깨에 각을 세운다. 유리창을 투과한 햇빛이 그의 얼굴에 부딪힌다. 그의 불거진 이마와 기름을 발라 이 대 팔로 나눈 가르마가 노랗게 반들거린다.

"세상에는 아름다운 이야기가 많아. 우리 마음을 따뜻하게 해주는 이야기. 사랑과 온정이 가득한 이야기. 그런 이야기를 쓰지 그러나?"

아이들이 하나둘 교장 선생님과 나를 에워싼다.

"고난을 극복하고 성공하는 이야기. 얼마나 좋아! 밝고 희망찬 이야기. 발전하는 미래에 대한 이야기. 우리가 공부하는 것도 다 그래서 하는 것 아닌가? 힘들지만 참고 견디면서 말이야."

아이들이 더 많이 모여든다. 교장 선생님은 이 훈계의 마당이 넓어진 데 대해 책임감을 느낀다. 목소리에 한층 힘이 들어가고, 얼굴은 더욱 근엄해진다. 그가 손을 들어 창밖을 가리킨다.

"저 태양을 봐. 햇빛이 눈부시지?"

그의 손이 태양에서 내려와 화단의 나무들을 이리저리 훑는다.

"나무들이 가만히 서 있는 것 같지만, 사실은 태양을 향해 고개를 돌리지. 꽃들도 마찬가지야. 그런 걸 일향성이라고 해. 밝은 쪽을 향해 고개를 돌리는 것."

내가 식물이 아니라는 사실에 나는 안도한다. 밝은 쪽을 향해 일제히 목을 돌리는 그들. 그 반대편에서 어떤 일이 일어나든 밝은 쪽만 본다 이거지? 힘 있는 자가 힘없는 자를 괴롭혀도? 다수가 소수를 몰아붙여도? 폭력을 행사하고 유유히 빠져나가는 사람들이 있어도? 폭행과 학대를 당하고 편견과 조롱에 시달리는 이들이 있어도? 가해자가 아니라 피해자가 수치심을 느껴야 하는 세상이어도? 그런 일은 학교에서도 일어난다. 학생들 사이에서, 혹은 선생님과 학생 사이에서.

교장 선생님의 말이 이어진다.

"식물도 그런데 하물며 인간은 어떻겠나? 밝은 쪽을 보고 싶겠지?"

그가 고개를 쑥 빼고 나를 쳐다본다.

"불행한 이야기는 그만!"

그가 눈에 힘을 싣는다.

"행복한 이야기를 쓰도록 해. 마음이 따뜻해지는 이야기, 그런 이야기를 쓰라고. 알겠나?"

수업 벨이 나를 구제해준다. 나는 그에게 고개를 숙여 보이고 등을 돌린다. 기상천외한 그의 마지막 말이 내 뒤통수를 때린다.

"여자애잖아! 나중에 시집도 가야 하고!"

나는 복도를 따라 걷는다. 소설과 여자애는 무슨 상관관계일까? 시집과는 또 무슨 상관관계일까?

교장 선생님은 선생님이 해야 할 말을 했다. 선생님으로서, 그것도 학교에서 가장 높은 위치에 있는 선생님으로서 학생에게 해야 할 말. 선도하는 말. 어린 학생을 바른길로 인도하는 말. 나는 다소곳이 서서 그의 말을 들었다. 목소리가 필요 이상으로 크든, 훈계가 필요 이상으로 길어지든, 학생

답게 고분고분히 들었다. 하지만 그의 말은 들리지 않았다. 나는 그의 말을 듣고는 있었지만, 귀를 기울이지는 않았다.

편집자 선생님과 있었던 자리를 생각한다. 편집자 선생님의 말은 들렸다. 나는 그녀의 말에 귀를 기울였다. 그녀에게 두려움을 털어놓았고, 그녀가 해주는 말을 있는 그대로 받아들였다. 그녀의 말은 나를 움직였고, 나는 그녀의 말에 반응했다. 편집자 선생님이 교장 선생님보다 젊어서 그랬던 걸까? 그건 아닌 것 같다. 호랑 아줌마는 엄마보다 나이가 많다. 호랑 아줌마의 말은 들린다. 나는 호랑 아줌마의 말에 귀를 기울인다. 호랑 아줌마의 말은 나를 움직이고, 내 마음을 따뜻하게 해준다.

교실 앞이다. 나는 문을 열고 내 자리로 가 앉는다. 모든 어른들을, 다 존경할 수는 없다.

수리아

(11월 21일)

이상한 소문이 퍼진다.

"너 초경 열다섯에 했다며?"

한 아이가 묻는다. 또 한 아이가 끼어든다.

"좀 늦은 거 아냐?"

이번엔 다른 아이다.

"야, 근데 너 진짜······. 그런 거 맞아?"

또 다른 아이의 말이다.

"병원에 혼자 갔어?"

옆에서 책망의 소리가 날아든다.

"넌 그러지 좀 마라. 대놓고. 너한테 그러면 좋겠냐?"

"뭘? 책에 다 나와 있는 걸 갖고."

무슨 얘길 하나 했다. 또 한 아이가 묻는다.

"너네 지금도 수족관 해?"

아이들은 소설 이야기를 하고 있다. 소설 속 소녀의 아빠
는 수족관을 했다. 관상용 수조와 열대어, 수초 같은 걸 파는
곳이었다. 소녀의 아빠가 살해당한 곳이기도 하다.

"근데 너 사람 마음 읽는다는 거, 그건 상상이지? 프로파

일링 그거. 그건 꾸며낸 거지?"

아이들은 내 소설 속 이야기가 내가 경험한 일이라고 믿는다. 소녀가 겪은 폭행과 임신, 낙태와 아빠의 죽음이 다 내 얘기라고 믿는다. 어떻게 그런 생각을 할 수 있을까? 대꾸할 엄두가 나지 않는다.

영어 선생님이 교실로 들어온다. 교과서를 꺼내고 책장 넘기는 소리가 들린다. 아이들 중 하나가 선생님한테 묻는다.

"선생님, 자기 이야기를 소설로 쓴 사람도 있죠?"

불길한 느낌이 등줄기를 타고 오른다. 선생님이 말한다.

"그렇지."

"제이 디 샐린저도 그렇지 않아요? 《호밀밭의 파수꾼》이 자전적 소설이라던데."

"읽어본 사람?"

두 아이가 손을 든다. 선생님이 창가로 천천히 걸음을 옮긴다.

"둘이라도 있으니 다행이네."

"그 작가 괴짜였대요."

둘 중 하나가 말한다. 선생님이 운동장을 눈으로 훑는다.

"아무래도 예술가니까."

아이들이 장난스럽게 오, 예술가! 하며 나를 돌아본다.

"그 작가 그 소설 쓰고 은둔했다던데."

둘 중 다른 하나가 말한다.

"그거 다 부담스러워서 그랬던 거 아니에요?"

아이들이 곁눈질한다. 나는 책을 편다. 선생님이 교실 중앙으로 돌아온다. 제이 디 셀린저에 관한 이야기가 좀 더 이어지다가 수업이 시작된다. 수업이 끝날 때까지 나는 집중하지 못한다.

수리아

(11월 24일)

소문은 팩트와 같은 위력을 발휘한다. 소설 속 이야기는 실제로 일어난 일이 된다. 나를 대하는 아이들의 눈빛은 전 같지 않다. 그러면 그렇지, 하는 눈빛이다. 그들의 맹목적인 믿음을 나는 어찌해볼 도리가 없다.

그들은 힘들이지 않고도 나와 관계없는 나를 만들어낸다. 수족관을 운영하던 나의 아빠는 정체를 알 수 없는 누군가의 범죄에 연루되고, 그를 대신해 감옥에 가고, 아빠가 감옥에 간 사이 생리를 시작한 나는 폭행을 당하고, 임신을 하고, 사회복지사와 담임 선생님의 도움으로 낙태를 하고, 출감한 아빠는 살해됐다는 거다. 내가 전학을 온 이유도 다 그 때문이라는 것.

나에 관한 이야기 2탄이 떠돈다. 아빠가 의사라는 사실이 알려지면서다. 그들은 내 소설 속의 아빠가 사망했으므로, 지금의 아빠는 의붓아빠라고 생각한다. 새엄마가 나의 친엄마이고, 오래 떨어져 있었던 탓에 정이 없다고. 나는 부모님의 사랑을 받지 못한 미운 오리 새끼이며, 그래서 어두운 소설을 쓸 수밖에 없다고. 맞는 말이 있긴 하다. 나는 미운 오리 새끼다.

학교에 가기 싫다. 학교가 좋다고 생각한 적은 없지만, 다니고 싶지 않다고 생각한 적도 없다. 학교에 다니지 않아도 될 구체적인 방법을 생각해본다. 검정고시를 치를 수 있을까? 아빠와 새엄마가 허락할까? 학교를 거부하는 아이들의 마음이 이해가 간다. 고등학교 시절이 영원히 끝나지 않을 것처럼 느껴진다.

다이어리를 펼친다. 거기에 쓴다. '학교에 가기 싫다.' '벗어나고 싶다.' '언제?' '어떻게?'

수리아

(11월 28일)

더 이상 학교 도서관이나 동네 도서관에 가지 않는다. 아이들과 마주치고 싶지 않다. 수업이 끝나면 곧바로 집으로 돌아온다. 읽고 싶은 책들은 인터넷 서점에서 주문한다. 새 책을 주문하기도 하고, 중고 책을 주문하기도 한다. 나는 그것들을 읽는다. 나를 지탱해주는 유일한 힘이다. 문학상 상금이 있어 가능한 일이다.

택배가 도착했다는 메시지가 뜬다. 1층으로 내려가 대문으로 달려간다. 택배 상자를 집어 들다가 두 사람과 마주친다. 20대로 보이는 남자들이다. 그중 하나는 군복을 입고 있다. 셋 사이에 서로를 파악하는 시간이 지나간다.

"넌가 보구나?"

카투사 군복 차림의 남자가 말한다. 백기다. 새엄마의 아들. 실제로 만나기는 처음이다. 그 옆에 서 있는 남자가 고개를 기웃하며 반쯤 웃는 눈으로 나를 쳐다본다. 희고 도톰한 이마 위로 윤기 나는 갈색 머리칼이 흩어져 있다. 어디서 많이 본 것 같은 얼굴이다. 텔레비전에서 보았을까? 광고에서 보았을까? 그가 시선을 내게 둔 채 백기에게 묻는다.

"네가 전에 얘기했던 애?"

백기가 끄덕이며 열린 문 안으로 들어간다. 갈색 머리칼 남자는 싱글거린다. 그의 볼에 옅은 보조개가 파인다. 먼저 들어가라며 그가 내게 손짓한다. 나는 얼굴이 붉어지는 걸 느낀다. 그에게서 등을 돌려 걸음을 옮긴다. 백기가 현관 입구에서 군화를 벗고 있다. 호랑 아줌마가 나온다.

"백기 왔네. 태민 씨도?"

호랑 아줌마가 나를 보며 말한다.

"그러고 보니 백기 오빠 처음 만나지, 수리아? 백기도 수리아가 처음이지?"

백기는 대꾸하지 않는다. 그는 군화를 벗고 실내로 들어간다. 백기의 행동에 개의치 않고 호랑 아줌마는 말한다.

"들어와, 수리아. 태민 씨도 들어오고."

나는 신발을 벗고 현관 마루로 올라선다. 백기는 정수기 물을 받아 벌컥벌컥 마시더니 거실 소파 위에 털썩 앉는다. 호랑 아줌마가 둘에게 묻는다.

"뭘 좀 먹겠어?"

백기가 말한다.

"바로 나가요."

그는 제 짧은 머리를 손바닥으로 쓱쓱 문지른다. 나는 계단 쪽으로 걸음을 옮긴다. 나도 모르게 뒤돌아본다. 태민이 양손을 치골 위에 올린 채 나를 보고 서 있다. 나와 눈이 마주치자 그가 미소 짓는다. 나는 2층으로 올라간다. 등 뒤에 따라붙는 태민의 시선을 느낀다.

호랑

(11월 28일)

신경이 쓰인다. 수리아를 처음 만난 백기의 태도도 마음에
안 들었지만, 태민이 신경 쓰인다. 그는 수리아에게서 시선
을 떼지 않았다. 수리아가 계단을 올라가는 내내.

중산이 안마의자에 몸을 묻는다.

"별걱정을 다 하네."

전원 버튼을 누르자 안마의자는 제 임무를 시작한다. 중산
이 말을 잇는다.

"어른들 계시는 집 아냐? 와도 혼자 오지는 않을 테고."

두어 달 전 백기와 태민이 나누던 대화를 떠올린다. 천 이
사에게 보낼 말차쿠키를 굽던 중이었다. 마침 다 구워진 쿠
키가 있어 그중 몇 개를 접시에 담았다. 쟁반에 받쳐 들고 가
다가 나는 거실 입구에서 멈칫했다.

백기 목소리가 먼저 들렸다. "누구야, 앤?" "학생." "앤?" "잡
지에 한 번 나왔던 애. 개로 할래?" "그래도 돼?" "얘기해놓을
게." "좀 보고. 형은?" "있어." "누구? 내가 아는 애?" "아니."
"잠깐, 애 어디서 본 거 같은데?" 태민이 뭐라고 중얼거렸다.
욕을 한 것 같았다. 삼시 소용했다. "이거 누구야? 형이네?"

"줘." "적당히 좀 해라, 형." "이리 내." "요새 이런 거 찍으면 애들 고소하고 그래." "고소 같은 소리 한다." 누가 들어도 꺼림칙한 대화였다. 나는 쿠키 접시를 들고 주방으로 돌아갔다.

"아무래도 찜찜해."

나는 리모컨을 집었다 도로 놓는다. 중산이 말한다.

"인간이 걱정하는 일의 태반은 지구상에 일어나지 않아."

중산의 낙관주의는 때로 위로가 되지만, 때로는 속 터진다. 나는 탄식한다.

"그 잘생긴 얼굴에……."

태민은 이목구비가 뚜렷하고 체격이 훤칠한 스타일은 아니지만, 그만의 귀족적인 분위기로 눈길을 끄는 아이다. 희고 티 하나 없는 피부만 봐도 그렇다. 사람을 응시하다가 돌연 미소를 보일 때면 그보다 더 환한 얼굴이 없다. 흠이라면 다소 오만한 인상이랄까? 나른한 눈빛이랄까? 하지만 그마저도 그를 받쳐주고 있는 부유한 환경과 몸에 밴 세련됨을 감안한다면 문제 될 게 뭐 있겠나. 자신에게 맞는 옷을 고르는 탁월한 안목과 자신감까지, 태민은 세상 부족한 게 없는 아이다. 그의 아버지가 부동산 부자인 데다 현역 국회의원이니 더 말할 것도 없다.

"잘생겼어?"

"잘생겼지. 잘생기긴 했는데 나른해 보인달까? 매사에 싫증 난 것처럼?"

"일찌감치 권태가 찾아왔군."

"그게 무서운 거지."

"그 녀석이 박 원장 딸을 음흉하게 보더란 말이지?"

"음흉한 것까진 아니었지만 수리아가 눈에 뜨인 건 맞아."

중산이 길게 하품을 한다.

"별일이야 있겠어?"

나는 속으로 중얼거린다. 그래, 별일이야 없겠지. 그러나 태민이 목표물을 발견한 것 같다는 느낌은 좀처럼 떨쳐지지 않는다. 수리아를 좇던 눈빛, 입꼬리에 걸려 있던 애매한 미소. 수리아는 열일곱 살, 감수성이 예민한 나이다. 훈훈한 인상의 젊은 남자가 호감 어린 제스처를 보낸다면 얼마든지 마음을 빼앗길 수 있다. 젊은 남자에게 호감을 갖는 게 뭐가 문제겠냐만, 그 상대가 태민이라면 긴장하지 않을 수 없다.

"노파심이겠지?"

나는 혼잣말을 한다.

"그래도 걱정이 돼."

조용하다.

"근데 그게……."

나는 중산을 돌아본다. 안마의자에 앉아 있는 그는 부풀었다 오그라들기를 반복하고 있다. 눈은 감겨 있고 입은 반쯤 벌어져 있다.

"자?"

찾아가는 길

수리아

(12월 2일)

팟캐스트에 출연한다. 떨린다. 녹음에 들어가기 전 편집자 선생님이 진행자와 프로듀서, 작가 선생님을 소개해준다. 모두 친절하다. 내가 긴장한 게 보였는지 그들은 편하게 하라고 말한다. 낯선 사람들과 있을 때 편했던 적이 없어 그게 어떤 건지 잘 모르겠다.

질문지를 들여다본다. 편집자 선생님을 통해 미리 받았던 질문지다. 대답할 내용을 생각해놓았는데도 제대로 말할 수 있을지 걱정된다. 모두 내 일상이나 글쓰기에 관련된 질문이다. 부모님에 관한 것도 있다.

녹음실 창유리 너머에서 큐 사인이 떨어진다. 녹음이 시작된다. 탁자 모서리를 사이에 두고 진행자 선생님과 내가 앉는다. 진행자 선생님은 명랑하고 잘 웃는다. 그가 나를 소개한다. 작가 선생님과 편집자 선생님이 박수를 치며 과장되게 환호한다. 쑥스럽고 어색하다.

긴장을 풀어주기 위해서인지 진행자 선생님이 가벼운 이야기부터 시작한다. 오는 데 힘들지 않았는지, 밥은 먹고 왔는지, 차는 안 막혔는지. 내 목소리가 작았나 보다. 진행자 선생님이 마이크를 좀 더 가까이 대라고 한다. 나는 의자를 당겨야 할지 마이크를 당겨야 할지 몰라 우물쭈물한다. 작가 선생님이 연기처럼 다가와 내 앞으로 마이크를 당겨준다. 거기다 대고 나는 한숨을 내쉰다. 내 한숨 소리가 마이크를 타고 두 배로 증폭된다. 녹음실 안에 있는 모두가 크게 웃는다.

질문지에 있던 질문들이 하나씩 들어온다. 딱히 어려운 질문이 아닌데도 나는 얼른얼른 대답하지 못한다. 하다가도 끊긴다. 화면이 나오는 것도 아니고 귀로만 듣는 방송이니, 청취자들은 이상하게 생각할 거다. 그래서인지 내 말이 막히면 진행자 선생님이 내가 할 만한 답을 치고 나온다. 그렇게 해서 가까스로 대화가 이어진다. 이어지기는 해도 내 반응은 번번이 한 템포 늦다.

녹음이 잠시 중단된다. 녹음실 안으로 음료수가 배달된다. 피디 선생님이 그중 하나를 건넨다.

"밀크티 괜찮아요?"

나는 그녀에게서 밀크티를 받아 든다. 미안해 죽겠는데 다들 개의치 않는 표정이다. 어떻게든 나를 편하게 해주려는 모습이다. 피디 선생님이 말한다.

"수리아 작가님, 방송이 안 나와서 브레이크 하는 거 아니에요. 작가님이 이 분위기를 즐겼으면 해서 쉬어가는 거예요. 방송 잘 나오고 있어요. 이제 막 데뷔했는데 너무 노련하면 그게 더 이상한 거죠."

10분 정도의 휴식이 끝나고 다시 녹음에 들어간다. 따뜻한 음료가 들어가서인지 긴장이 좀 풀린다. 진행자 선생님의 말도 하나씩 귀에 들린다. 헌책방에서 책을 읽던 시절로 넘어간다. 내가 읽은 책의 상당수가 거기서 나온 걸 알고 모두들 놀란다. 진행자 선생님이 말한다.

"그 헌책방에서 작가가 탄생한 거군요."

방송은 두 시간 가까이 진행된다. 시간이 지나면서 긴장은 완전히 풀린다. 피디 선생님이 말했던 것처럼 즐기고 있다는 느낌마저 든다. 방송이 끝나기 전 진행자 선생님이 내 책의 한 대목을 낭독한다.

"그때는 수족관 속의 물고기들이 자유로울 거라고 생각했다. 수초와 바위 사이를 천천히 떠다니는 물고기들이 평화로울 거라고."

소설 후반부에 나오는 내용이다. 소녀가 빈 가게 앞에 서 있는 장면. 아빠가 죽은 뒤 가게는 문을 닫았다. 물고기들은 팔려가고 빈 수족관만 남았다. 2년 동안 방치돼 있던 가게가 누군가에게 팔렸다. 중고물품 거래상이 가게 앞에 쌓여 있던 크고 작은 수족관들을 트럭에 싣는다. 소녀는 멍하니 그 광경을 바라본다. 그제야 물고기들이 있었던 세계가 얼마나 답답한 곳이었는지 소녀는 깨닫는다.

"하지만 그들은 자유롭지도, 평화롭지도 않았다. 그들이 있었던 세계는 좁고 답답한 수족관에 지나지 않았다. 그들은 알 수 없는 힘에 의해 바다를 떠나야 했고, 한번 갇힌 수족관을 다시는 벗어나지 못했다. 영문도 모른 채 그들은 수족관의 이쪽 끝에서 저쪽 끝을 맴돌며 물었을 것이다. 우리들의 바다는 어디에 있는 거지?"

진행자 선생님이 읽기를 멈춘다. 그가 플래그를 붙여놓은 책의 뒷부분으로 옮겨 간다.

"이어서 읽어드릴 부분은요. 제가 제일 좋아하는 부분입니다."

낭독이 이어진다.

"아픔이 밀려온다. 아픔은 파도처럼 나를 덮친다. 수천 개의 물방울로 부서져 나간다. 그럼에도 불구하고 나는 살아 있는 걸 느낀다. 나는 더 이상 수족관 속의 물고기가 아니다. 산소가 주입되고 먹이가 주어지는 좁고 안전한 수족관에서 벗어났다. 나는 이쪽 유리 벽과 저쪽 유리 벽을 오가며 바다의 행방을 묻는 물고기가 아니다. 나는 이제 바닷속을 헤엄친다. 거센 풍랑이 산소를 불어넣고, 비늘이 긁혀가며 내 힘으로 먹이를 찾는 곳이다. 빛나는 지느러미들 사이에서 나는 힘차게 물살을 가른다. 내가 원하는 것을 찾기 위해. 나는 지금 크고 아름다운 고래를 쫓는다."

진행자 선생님이 낭독을 마친다. 그가 책을 덮는다.

"주인공에게 파이팅을 보내고 싶은 대목입니다. 소설 속 주인공은 아빠를 잃고 2년이 지난 뒤에야 마침내 자신이 겪었던 아픔과 현실을 있는 그대로 받아들입니다. 겁에 질린 채 수동적으로 살았던 태도도 버리지요. 아빠를 내주고 얻은 삶이라면 더 이상 어항 속 금붕어처럼 살 수만은 없을 겁니다. 뛰어넘어야지요. 소녀는 이제 자신이 원하는 삶을 온전히 살아나가기로 합니다."

진행자 선생님이 나를 보며 웃는다. 그가 덧붙인다.

"소녀가 지금은 고래를 쫓고 있지만, 나중에는 자신이 크고 아름다운 고래가 되어 있겠지요?"

방송이 끝난다. 녹음실에 모인 모두가 박수를 친다. 그들이 내게 수고했다고 말한다. 나 역시 나 자신에게 그 말을 해주고 싶다. 힘이 생긴다. 내 소설이 내 경험담이라는 소문도 거뜬히 이겨낼 수 있을 것 같다. 나는 내가 원하는 삶을 살 거다. 누가 뭐래도. 나는 그 길로 간다.

다이어리에 쓴다. '내 길 찾아가기.'

수리아

(12월 8일)

쉬는 시간에 보건실을 찾는다. 보건 선생님은 보이지 않는다. 침대 위에 한 아이가 벽을 보고 누워 있다. 그녀가 나를 돌아본다. 안경을 쓴 아이다. 흘긋 보고 말 것 같더니 내 쪽을 향해 돌아눕는다. 옆구리를 세워 팔꿈치로 받치고, 그녀는 나를 빤히 본다. 옆 반 아이다. 그녀가 대뜸 말을 건다.

"너 박수리아지? 소설 쓴다는 애."

그녀의 안경알에 노란빛이 감돈다. 학교에서는 색깔 있는 안경을 착용하지 못한다. 걸리지 않고 쓰고 다니는 게 신기하다.

"맞지?"

나는 고개를 끄덕인다.

"왜?"

"뭐가?"

"보건실에 왜 왔냐고?"

"아, 생리통이……. 선생님 어디 가셨어?"

"금방 오실 거야."

노란 안경알 너머로 그녀가 나를 본다. 심드렁한 얼굴이다. 아픈 것 같지는 않다. 교실이 싫은 거겠지. 내가 생리통을 핑계 삼아 보건실을 찾은 것처럼. 그래, 핑계다. 진통제를 먹어야 할 정도로 내 생리통은 심하진 않다.

"근데 너도 사연이 좀 있더라."

안경 아이가 말한다. 나는 대꾸하지 않는다. 뻔한 말이 나올 테지. 소설 속 이야기가 내 경험담이라는. 그녀가 말을 잇는다.

"세상 참 엿 같지 않냐?"

엿 같다고? 세상이? 그렇구나. 너한텐 엿 같구나. 너는 그걸 엿 같다고 하는구나.

"근데 이제 어떻게 되는 거니?"

"뭐가?"

"밑천 다 떨어져서 소설 뭘로 쓰냐고?"

"무슨 말이야?"

"네 소설, 그거 실제로 네 얘기라며?"

그러면 그렇지. 웃음이 나오려고 한다. 삼킨다. 안경 아이와의 대화가 길어질 것 같아서다. 하지만 안경 아이가 그리 싫지만은 않다. 시상식 날, 나는 두 번째 소설을 걱정했다. 과연 쓸 수 있을지. 그런데 저 아이가 내 두 번째 소설을 걱정해 주지 않는가.

나는 안경 아이를 똑바로 쳐다본다. 노란빛이 도는 안경을 써야 직성이 풀리는 아이. 수업이 싫은 아이. 무슨 사정이 있는지 모르겠지만, 세상이 엿 같은 아이. 나는 그녀에게 말한다.

"내가 있는 그대로 말해주면 넌 믿겠니?"

"뭘?"

"내 소설은 그냥 소설일 뿐이야. 내 얘기가 아니라."

안경 아이가 말없이 나를 본다. 속으로는, 다들 그렇게 얘기하던데? 할 거다. 묵묵히 듣고만 있는 걸로 보아 쟤 말이 맞나 보네, 하는지도. 어쨌든 안경 아이에게서 하나를 배워 간다. 세상이 엿 같다는 말. 어쩌면 안경 아이보다 내가 더 자주 그런 생각을 하는지도 모른다. 그렇게 표현하지 않았을 뿐. 슬픔을 느낀다는 건 세상이 엿 같아서일 테니까. 엿 같은 세상에서 돌아누울 때 슬픔이 느껴질 테니까.

슬플 때면 소설 속의 인물들을 떠올린다. 《악인》의 유이치를 사랑했던 미쓰요. 《악인》을 읽은 건 엄마가 프랑스로 떠나던 날이었다. 집중이 안 돼 한달음에 읽지 못했다. 그래서 그런지 지루했다. 그럼에도 불구하고 소설 말미엔 눈물을 쏟았다. 세상이 믿어주지 않는 그들의 사랑에 마음이 아렸다.

《가재가 노래하는 곳》을 읽을 때도 마음이 아렸다. 습지에 사는 외톨이 소녀, 카야. 그녀에게 입을 만한 옷을 챙겨주고, 그녀가 잡아간 생선과 홍합을 사주던 점핑 아저씨 부부. 가난하지만 선량하게 살아가는 그들에게 가해지는 부당한 대접과 편견의 눈.

엿 같은 일은 정말이지 어디서든 일어난다. 소설을 썼는데 소설로 읽어주지 않아 엿 같고, 보건실 침대를 파고들지 않으면 교실을 벗어날 수 없어 엿 같다. 어떤 아이는 매번 화장실에서 점심을 먹어야 해서 엿 같고, 어떤 아이는 번번이 주머니를 털려서 엿 같다. 학폭 가해자들이 가만히 있는데 피해자가 전학 가는 게 엿 같고, 가해 학생들을 감싸는 부모들의 엽기적인 사랑이 엿 같다. 이 모든 것이 아무렇지 않아 보이는 사람들이 엿 같고, 이 모든 것의 반대쪽만 보고 있는 사람들이 엿 같다. 엿 같은 세상에서 그런 일들은 일어난다. 당하고만 있어야 할까? 엿 같은 세상에서 살아남기 위해 상대에게 엿을 먹이면 안 되는 걸까?

《섬에 있는 서점》의 에이제이는 엿 같은 책은 꼴도 보기 싫다는 주의다. 그가 죽음을 맞이한다. 그의 딸 마야와 마주 앉는다. 그는 어떻게든 마야와 대화를 해보려 애쓴다. 마야는 아빠의 말을 알아듣지 못한다. 발음이 어눌하고, 온전한 문장을 말할 수 없어서다. 아빠는 세상에서 가장 짧고 완벽한 단어 하나를 떠올린다. 그가 말한다. "Love." 마야가 되묻는다. "Glove?" 마야는 아빠에게 손이 시렵냐고 묻는다. 아빠가 끄덕인다. 마야는 아빠의 두 손을 자기 손으로 포갠다. 아빠는 자신의 손에 와닿는 딸의 온기를 느낀다. 그거면 충분하다.

세상은 엿 같다. 왜 어떤 착한 사람은 빨리 죽어야 하는가?

수리아

(12월 9일)

    개교기념일이다. 학교에 가지 않아도 된다. 마음이 이렇게 편할 수 없다. 1층으로 내려간다. 호랑 아줌마가 주먹밥을 만들고 있다.

"배고프지?"

"조금요."

"다 됐어."

    벨 소리가 난다. 주먹밥을 검정깨 위에 굴리며 호랑 아줌마가 힐긋 현관 쪽을 본다.

"제가 나갈게요."

    모니터에 낯익은 얼굴이 보인다. 호랑 아줌마가 눈을 가늘게 뜨고 화면을 쳐다본다. 아줌마의 얼굴이 정색이 된다.

"태민이 아니야? 혼자야? 일단 열어줘."

    버튼을 누르자 현관문이 열리고 태민이 들어온다. 그가 나를 보며 미소 짓는다. 호랑 아줌마가 묻는다.

"어쩐 일로 혼자? 백기는?"

"제가 좀 일찍 왔어요. 백기 방에서 기다리려고요."

"멸치하고 견과류 넣고 주먹밥 만들었는데 먹겠어?"

"먹었어요."

"음료수라도 줄까?"

"됐어요. 올라갈게요."

"그래, 그럼."

태민이 내게 느긋한 눈길을 던지고 2층으로 올라간다. 호랑 아줌마의 시선이 그의 뒷모습을 따라간다. 그가 2층으로 사라지자 아줌마가 내게 눈짓한다.

"와 점심 먹어, 수리아."

아일랜드 식탁 앞에 앉는다. 한 입에 들어갈 만한 주먹밥 열 개가 접시 위에 가지런히 놓여 있다. 나란히 놓인 공기 안에는 따뜻한 된장국이 담겨 있다. 젓가락을 드는데 호랑 아줌마가 나를 본다. 좀 심각한 얼굴이다.

"왜요?"

"아, 아니, 먹어."

호랑 아줌마가 싱크대로 돌아선다. 아줌마의 등에 대고 나는 말한다.

"잘 먹겠습니다."

등을 돌린 채 호랑 아줌마가 끄덕인다. 그녀의 시선이 문득 2층을 향한다.

"백기한테 듣기론 좋은 소식이 있다던데?"

방으로 들어가려다 나는 멈칫한다. 태민이 복도 끝 창가에서 있다. 내 방이 일직선으로 보이는 곳이다.

"소설가로 데뷔했다며? 대단한데!"

얼굴이 붉어지는 걸 느낀다. 계단을 오르는 발소리가 들린다. 호랑 아줌마다. 태민과 나를 본 호랑 아줌마가 계단 중간에 멈춰 선다. 아줌마가 태민을 보며 말한다.

"과일 좀 썰어줄까? 수리아는 먹었고."

태민이 대답한다.

"아니요."

"뭐 따로 필요한 건 없고?"

"학생 소설가하고 잠깐 얘기 좀 하느라고요."

"아, 그래?"

호랑 아줌마가 미소 짓는다. 좀 머뭇거리는 듯하더니 아줌마가 말한다.

"그래, 그럼. 필요한 거 있으면 얘기하고."

아줌마는 잠시 내게 눈길을 주고 계단을 내려간다. 태민의 얼굴에서 웃음기가 사라진다. 웃음기가 사라진 그의 얼굴은 다른 사람처럼 보인다. 아줌마의 발소리가 멀어질 때까지 태민은 조용하다. 발소리가 완전히 사라지자 태민이 재킷 안주머니에 손을 넣는다. 명함보다 약간 큰 봉투 하나가 나온다. 크림색 바탕에 황금빛 글자들이 프린트된 봉투다. 그가 그것을 내게 내민다.

"이거 주려고. 쿠폰이야. 친구가 카페를 오픈하는데 이거

가져가면 음료수 줄 거야. 실내악 연주도 있고. 시간 있으면
와."

태민이 하얀 치아를 보이며 웃는다.

"난 이제 백기 방에서 백기나 기다려야겠네."

그가 복도를 따라간다. 그의 뒷모습이 복도 끝에서 오른쪽
으로 꺾인다. 문이 열리고 닫히는 소리가 들린다.

나는 내 방으로 돌아온다. 설렌다. 설레는 만큼 불편한 마
음도 끼어든다. 태민은 백기 친구다. 백기 선배라던가? 백기
를 처음 본 날, 호랑 아줌마는 내게 말했다. "백기가 좀 그렇
지? 한 식군데 말이야." 백기의 쌀쌀맞은 태도 때문이었을 것
이다. 호랑 아줌마가 덧붙였다. "마주칠 일은 별로 없을 거
야. 백기가 좀처럼 집에 붙어 있지를 않거든. 그동안 자주 왔
었어. 수리아가 학교 가서 몰랐던 거지. 낮에 들러서 사복 갈
아입고 나갔다가 다음 날 군복으로 갈아입고 귀대하고 그래.
카투사라 그런지 자주 나오더라고? 같이 온 친구는 태민이
라고, 백기가 형, 형, 하는데 둘이 노상 붙어 다녀."

태민이 주고 간 봉투를 연다. 쿠폰 한 장이 나온다. 음료
두 잔을 주문할 수 있는 쿠폰이다. 황금빛 새장이 인쇄되어
있고, 새장 속에는 황금새 한 마리가 앉아 있다. 인터넷에서
카페 위치를 검색해본다. 백화점과 종합병원, 주상복합 건물
들이 밀집돼 있는 곳이다. 오픈 날짜는 나흘 뒤다.

백기가 오는 기척이 들린다. 온 지 10분도 채 안 돼 두 사람은 계단을 내려간다. 나는 발소리를 죽여 복도 끝 창가로 다가간다. 커튼 너머로 두 사람이 보인다. 태민이 검은색 스포츠카에 올라타려다 말고 2층 창가로 힐긋 시선을 던진다. 나는 놀라 커튼 뒤로 숨는다. 차에 시동이 걸린다. 두 사람이 떠난다.

호랑 아줌마가 내 방으로 올라온다. 아줌마는 피스타치오 아이스크림 접시를 내 앞에 놓아준다. 아줌마가 묻는다.

"태민이 뭐라고 해?"

"아니요. 그냥⋯⋯."

쿠폰을 받았다는 말을 나는 차마 하지 못한다. 호랑 아줌마가 이상하게 생각할 것 같아서다. 얼굴이 뜨듯해진다. 호랑 아줌마가 물끄러미 나를 보다가 내 머리를 찬찬히 쓰다듬는다.

"그래. 아이스크림 먹어."

아줌마가 장난스러운 표정을 짓는다.

"태민이 잘생겼지? 누가 보면 연예인인 줄 알겠어. 웃을 때 약간 눈웃음치는 것도 그렇고, 여기 보조개도 그렇고."

호랑 아줌마가 손가락으로 볼을 콕 찍는다. 내 반응을 살피는 눈치다.

"옷 입는 거며, 손목에 찬 시계며, 타고 다니는 자동차며⋯⋯."

아줌마는 평소와 다르게 말끝을 흐린다. 내가 가만히 있사 아줌마는 말을 더 이어갈 듯하더니 아이스크림을 눈짓한다.

"녹겠다. 어서 먹어."

호랑 아줌마가 돌아선다. 방을 나가기 전 아줌마는 지나가는 말처럼 중얼거린다.

"근데 외모가 다는 아니지."

나는 계단을 내려가는 발소리에 귀를 기울인다. 더 이상 아무 소리도 들리지 않는다.

다이어리에 '설렘.'이라고 써넣는다.

호랑

(12월 9일)

새우 껍질을 벗긴다. 큼지막한 새우다. 내장은 이미 제거했다. 버터와 마늘을 넣고 볶아 천 이사에게 보낼 거다. 하는 김에 수리아 몫까지 한다. 양이 좀 된다. 껍질을 까다 말고 중산의 말을 떠올린다. 인간이 걱정하는 일의 태반은 지구상에 일어나지 않는다고? 그 말이 맞을지도 모른다. 어떤 사람은 땅이 꺼질까 봐 걱정이라던데, 설마 땅이 꺼질 리야.

시계를 본다. 여섯 시가 다 되어간다. 곧 천 이사 쪽에서 사람이 올 거다. 빨리 해야 한다. 반은 깠다. 손이 시렵다. 얼음물 속에서 껍질을 까자니 그렇다. 그래도 이렇게 해야 식감이 좋다. 아까 하던 생각으로 돌아간다. 땅이 꺼질까 봐 걱정한다는 사람. 멀쩡한 땅이 왜 꺼진담? 그런데 그런 일이 정말 안 일어날까? 지진이 땅이 꺼지는 게 아니고 무어냐?

나는 다시 불안해진다. 수리아가 태민을 좋아하면 어쩌지?

"괜찮으세요?"

나는 기겁한다. 고급 치즈 한 덩이를 슬쩍하려다 들킨 사람처럼. 수리아가 옆에 와 있다. 나보다 더 놀란 눈치다. 게다가 걱정스러운 낯빛이다.

"왜?"

수리아가 내 손을 가리킨다.

"손이…… 빨개요."

나는 빨개진 손을 앞뒤로 뒤집는다.

"아, 원래 이래. 얼음물에서 손질하면."

"꼭 얼음물에서 해야 돼요?"

"그래야 육질이 살지. 탱글탱글하고 신선하고."

나는 자랑삼아 껍질을 벗긴 새우 하나를 들어 보인다.

"이거 봐. 투명하고 윤기가 나지?"

나를 보는 수리아의 얼굴이 뭐랄까, 책망하는 얼굴이랄까, 안쓰러워하는 얼굴이랄까……. 웃음이 나온다.

"해물 만지는 사람들은 다 이래."

나는 하던 일로 돌아간다. 씻어서 물기를 뺀 새우 등에 칼집을 내고, 소금과 후추로 간을 한다. 올리브유를 두른 프라이팬에 준비해놓은 버터를 넣는다. 파슬리와 레몬즙이 들어간 갈릭 버터다. 뜨거워진 프라이팬에 새우를 넣는다. 경쾌한 소리가 분수처럼 솟는다.

벨 소리가 들린다. 천 이사 쪽 사람이다. 귀신같이 시간에 맞춰 보냈다. 수리아가 문을 열고 방문객을 맞는 동안 나는 보온 용기 안에 버터갈릭새우를 담는다. 심부름꾼이 물건을 들고 떠난다. 여분으로 해놓은 버터갈릭새우를 접시에 담아 수리아 앞에 내놓는다.

"먹어봐."

수리아의 얼굴에는 아직도 안쓰러운 표정이 남아 있다. 나는 재촉한다.

"얼른."

음식 만드는 사람의 마음이다. 화덕에서 막 꺼낸 음식을 얼른 먹이고 싶은 마음.

"호랑 아줌마도요."

"나야 맨날 먹는 사람이야. 만들면서 먹고, 간 본다고 먹고."

나는 접시 위에 새우 두 점을 올려 수리아 맞은편에 앉는다. 그제야 수리아가 포크를 든다. 한 입에 먹기에 큰 새우다. 나이프를 이용해 수리아는 새우를 반으로 나눈다. 수리아가 입으로 새우를 가져간다. 그녀의 입가에 미소가 번진다. 그래, 저걸 보고 싶은 거다. 음식 만드는 사람은, 저걸 보고 싶은 거라고.

수리아가 나를 본다. 그녀의 눈빛에 다정함과 감사함이 깃들어 있다. 포크와 나이프를 들며 생각한다. 나는 이 아이가 좋다. 저를 과장할 생각일랑 터럭만큼도 없는 아이. 어수룩한 몸짓 하나로, 조용한 눈빛으로 제 할 말을 다 하는 아이. 나는 이 아이가 이대로인 게 좋다. 상처받지 않았으면 좋겠다. 그것이 내 바람이다.

발을 헛딛고

수리아

(12월 13일)

카페에 들어선다. 사람들이 많다. 서 있는 사람들도 있고, 앉아 있는 사람들도 있다. 사람들만 많은 게 아니라 꽃바구니도 많다. 그중 하나가 눈에 들어온다. 꽃바구니에 매달린 리본에 태민의 이름이 쓰여 있다. 김태민.

흰 상의에 검은 바지를 입은 연주자들이 악기를 들고 카페 중앙으로 모인다. 바이올린 두 대, 비올라, 첼로. 그들은 보면대 위에 악보를 올리고 튜닝을 시작한다. 앉을 곳을 찾다가 나는 2층으로 올라가는 계단 아래 구석진 곳에 자리를 잡는다. 벽면을 따라 크리스마스 장식품들과 새장, 초롱 따위가 진열되어 있다. 난방기구에서 나오는 따듯한 공기에 초롱 속의 촛불이 꺼질 듯 한들거린다.

"여기 숨어 있었어?"

태민이 내 앞에 와 선다. 누군가의 목소리만으로도 돌연 가슴이 뛴다는 데에 나 스스로 놀란다. 내 눈은 활처럼 부드럽게 휜 그의 옆구리에서 엷은 광택이 나는 회색 셔츠의 투명한 단추를 따라 올라간다. 그는 계단 쪽으로 몸을 기울인 채 팔꿈치를 난간에 걸치고 있다. 그가 내게 미소 짓는다. 오랫동안 알아왔던 누군가를 대하듯 스스럼없는 얼굴이다. 내 뺨이 달아오른다. 그가 말한다.

"안 그래도 기다리고 있었는데."

그의 말이 나를 안심시킨다. 그는 자신의 감정을 표현하는 데 거리낌이 없어 보인다.

"뭐 마셔야지?"

나는 가방 속에서 지갑을 꺼낸다. 지갑을 들고 일어서자 그가 내 손을 덥석 잡는다. 나는 그에게 이끌려 카운터로 간다. 그의 손은 부드럽고, 그에게서는 좋은 냄새가 난다. 민트 냄새 같기도 하고, 이끼나 나무껍질 냄새 같기도 하다.

"뭐 마실래?"

내 눈이 태민의 눈으로, 그의 하얀 치아로, 이어서 메뉴판으로 옮겨 간다. 메뉴판이 얼른 읽히지 않는다. 나는 방송을 하다가 마셨던 음료를 떠올린다.

"밀크티요."

내 말이 끝나기 무섭게 태민이 카운터 너머 직원에게 말한다.

"밀크티 둘."

내 손은 아직 그의 손 안에 있다. 쿠폰을 꺼내야 해서 나는 그에게서 살며시 손을 빼낸다. 지갑을 열고 쿠폰을 꺼내자 그가 웃는다. 엉겁결에 쿠폰을 봉투째 내민다. 황금새가 그려진 봉투. 간직하려고 했는데.

태민과 나는 음료를 들고 계단 아래 탁자로 돌아온다. 연주가 시작된다. 어디서 많이 듣던 멜로디다. 앞으로 저 멜로디를 들으면 태민이 생각날 거다. 그가 탁자 위에 양 팔꿈치를 올리고 두 손을 모은다. 그와 나 사이의 거리가 가까워진다. 불과 30센티 정도다. 나는 부끄러우면서도 행복한 마음이 든다.

그와 나는 이야기한다. 이야기를 한다기보다 나는 듣고, 태민이 말한다. 그는 카페 일대에 뭐가 어디 있고, 또 뭐가 어디 있는지 말해준다. 스테이크가 최고라는 레스토랑이라든지, 시설이 그만이라는 클럽이라든지, 소수의 관객들만 받는 극장이라든지. 그는 내가 원한다면 함께 갈 수 있다고 한다. 나는 그런 곳에 내가 어울릴지 잠시 고민한다. 내가 너무 진지하게 받아들이는 게 답답한 걸까? 그의 눈에 얼핏 지루한 기색이 감돈다. 그가 상체를 물려 등받이에 기댄다. 그와 나 사이에 거리가 생긴다. 1미터 이상 멀어진다. 나는 그가 등받이에 등을 대고 있을 때보다 탁자 위에 팔꿈치를 올리고 있을 때가 좋다.

직원이 태민에게 다가온다. 카운터를 가리키며 누가 왔다고 전한다. 태민이 자리에서 일어나 목을 쑥 빼고 카운터 쪽을 본다. 그가 그쪽을 향해 반갑게 손을 든다. 내 쪽에서는 보이지 않는다. 태민이 나를 돌아본다. 그의 손이 잠시 내 어깨 위에 왔다 간다.

"그럼 나중에 보자."

그가 내게서 등을 돌린다. 얼굴이 화끈거린다.

수리아

(12월 18일)

무엇이 문제였을까? 어디서부터 잘못됐던 걸까? 나는 무엇을 몰랐던 것일까?

지난 며칠간 나는 태민의 생각에 빠져 있었다. 책을 읽어도 집중할 수 없었다. 사랑에 빠진다는 게 어떤 느낌인지 알 것 같았다. 나는 '떠올렸다'와 '생각했다' 사이를 오갔다.

태민을 떠올리고 생각하는 일 외에 아무것도 할 수 없었다. 나는 그와 나누었던 대화를 떠올렸고, 그가 내게 보냈던 눈빛을 떠올렸다. 그의 목소리와 환한 미소와 셔츠 바깥으로 비치던 옆구리를 떠올렸고, 그에게서 나던 냄새와 기다란 손가락과 두 손을 모을 때 가지런히 튀어나오던 관절 부위와 깨끗한 손톱을 떠올렸다. 나는 그가 말할 때 습관적으로 나오는 자세나 작은 제스처를 떠올렸고, 그 하나하나가 어떤 의미를 지녔는지 돌이켜보았다.

나는 그가 말할 때 충분히 귀를 기울였는지 생각해보았다. 그랬던 것도 같고, 아닌 것도 같았다. 그가 말했던, 스테이크가 최고라는 레스토랑과 시설이 그만이라는 클럽과 소수의 관객들만 받는다는 극장 이야기를 했을 때, 내가 너무 소극

적이지 않았나 생각해보았다. 내가 원한다면 데리고 가주겠다고 했을 때, 곧바로 대답하지 못한 걸 후회했다. 너무 어린 티를 낸 것 같았다. 그가 다시 제안해온다면 좀 더 적극적으로 반응해야겠다고 마음먹었다. 혹시 그런 곳에 가게 된다면 어떤 차림이 좋을지도 생각해보았다. 그에게서 설핏 지루한 기색이 비쳤을 때 왜 그랬을까도 생각해보았다. 대화가 통하지 않는다고 생각했을까?

나는 태민와의 관계가 이어지기를 바랐다. 그를 계속 알아가고 싶었다. 그런 마음을 들키고 싶지는 않았다. 호랑 아줌마에게는 특히나 그랬다. 부끄러웠다. 학교에서는 누구의 눈치도 보지 않고 태민을 생각할 수 있었다. 별것도 아닌 일로 아이들이 왁자하게 소동을 부리는 동안, 나는 태민을 생각했다. 선생님들이 숙제 검사를 하거나, 칠판에 지수함수 그래프를 그리거나, 자식 자랑을 늘어놓거나, 영어의 분사구문을 설명하는 동안, 나는 태민을 생각했다. 복도에서 안경 아이와 마주치거나, 내 소설이 내 경험담이라고 말하는 데에 더 이상 흥미를 느끼지 못하는 애들이 내 어깨를 스치고 가거나, 눈부신 태양을 향해 나무들이 몸통을 트는 동안, 나는 태민을 생각했다.

나는 마약에라도 취한 듯 태민에게 빠져 있었다. 그런 갑작스러운 마음의 변화가 결코 바람직한 것만은 아니라는, 제법 이성적인 생각을 할 때도 있었다. 그럼에도 불구하고 환각과도 같은 그 느낌이 어느 순간 일시에 휘발될 수 있을 거란 생각은 하지 못했다. 그런 일이 실제로 일어났을 때, 그 마음이 어떨지에 대해서도 상상하지 못했다. 그런데 그런 일이 일어났다. 그 일이 일어나기까지 오래 걸리지도 않았다. 감았던 눈을 뜨자 전혀 다른 곳에 와 있는 것처럼, 나는 내가 맞닥뜨린 전혀 다른 상황 속에서 정신을 차릴 수 없었다. 나는 악몽과도 같은 경험을 하고 있었다. 그것을 가장 먼저 알아챈 사람은 호랑 아줌마였다.

"말해봐, 수리야. 무슨 일 있지?"

호랑 아줌마가 묻는다. 아줌마의 얼굴은 상기되어 있다.

"태민이 일이지?"

나는 호랑 아줌마를 보고만 있다. 아줌마의 두 손이 내 손을 잡는다. 아줌마의 손은 젖어 있다.

"무슨 일이야, 수리야?"

나는 울음을 터뜨린다. 호랑 아줌마가 나를 끌어안는다.

학교에서 돌아온 지 얼마 안 돼 태민이 왔다. 차 소리만 듣고도 알 수 있었다. 아래층에서 그와 호랑 아줌마가 얘기하는 소리가 들렸다. 계단을 오르는 발소리도 들렸다. 백기 목소리는 들리지 않았다. 나가보고 싶었지만, 그럴 수는 없었다. 나는 방 한가운데 서서 바깥소리에 귀를 기울였다.

백기 방 쪽에서 기척이 나는가 싶더니 복도를 따라 이쪽으로 오는 발소리가 들렸다. 가슴이 두근거렸다. 발소리가 문 앞에서 멈추었다. 노크 소리가 났다. 나는 문을 열었다. 태민이 서 있었다. 그가 빙긋이 웃었다. "들어가도 돼?" 나는 머 뭇거렸다. 그가 들어오는 게 아니라 내가 나가야 하는 것 아닐까?

우물쭈물하는 사이 그는 어느새 발을 들여놓고 있었다. 나는 열린 문 앞에 서 있었다. 그가 방 안을 둘러보았다. "여기가 수리아 방이군." 그에게서 전에 맡았던 익숙한 냄새가 났다. 그가 움직일 때마다 다른 냄새로 변하는 것도 같았다. 나는 나도 모르게 문밖을 보았다. 호랑 아줌마가 보면 어떻게 생각할까?

태민이 흥미롭다는 눈으로 내 책꽂이와 책상 위의 소품들을 훑더니 나를 돌아보았다. "왜? 불편해?" 그가 물었다. "불편하면 가고." 그가 싱긋 웃으며 문 앞으로 왔다. 갑자기 미안한 마음이 들었다. 그의 기분을 상하게 하고 싶지 않았다. 무슨 말이라도 해야 했다. "그게 아니라……."

그가 양손을 바지 주머니에 찔러넣고 내 앞에 섰다. 내 결정을 기다리겠다는 듯 그는 웃음기를 거둔 채 나를 보았다. 내 눈은 그의 눈과 부드럽게 다물린 그의 입술 사이를 오갔다. 그는 내게 관심이 있음을 감추지 않았다. 나처럼 설레거나 긴장한 모습은 없었다. 그는 시종 차분했고, 내가 그를 보내고 문을 닫으면 두말없이 돌아설 것 같았다. 그렇게 된나면 다시는 그와 가까워질 수 없을 터였다. 나는 이러지도 저러지도 못한 채 그를 쳐다만 보았다. 내가 말없이 서 있자, 그가 뒤를 돌아보더니 소리 없이 문을 닫았다.

가슴이 철렁했다. 마음 한구석에서는 그가 문을 닫기를 기다렸는지도 몰랐다. 앞뒤를 생각하고 싶지 않은 마음도 있었을 것이다. 그가 내게 한 발짝 다가왔다. 조금 전과는 또 다른 냄새가 그에게서 배어나왔다. 그가 내 얼굴을 쓰다듬었다. 가슴이 쿵쾅거렸다. 그가 내게로 몸을 숙이며 고개를 기울였다. 그의 입술이 내 입술에 닿았다. 어지러웠다. 절벽 끝에 서 있는 것 같았다.

호랑 아줌마가 내 등을 다독인다.

"그럴 수 있어, 수리아. 그럴 수 있어. 누굴 좋아하는 건 잘못이 아니야."

나는 운다. 울음이 멎지 않는다. 나는 우는 것밖에 할 수 없다. 눈물은 나를 이전으로 돌려놓지 못한다.

태민이 나를 안았다. 그의 품에 안겨 있는 게 좋았다. 그에게서 나는 냄새를 들이마셨다. 그의 손이 내 등과 팔을 어루만졌다. 그의 혀가 내 입속으로 밀고 들어왔다. 나는 저항하지 않았다. 서두르지 않는 그의 태도 때문이었다. 그러나 잠깐 사이, 그는 예측하지 못한 상황으로 나를 몰고 갔다.

그의 손이 내 허리를 따라 엉덩이로 내려왔다. 그가 내 엉덩이를 움켜쥐었다. 나는 돌연 불편해졌다. 그런 일이 처음이기도 했지만, 그의 손에 실린 악력 때문이었다. 내가 움찔하자 그의 손은 가슴으로 올라왔다. 거부감이 밀려들었다. 나는 그에게서 몸을 떼었다. 그가 나를 끌어당겼다. 거칠었다. 이어서 돌이키고 싶지 않은 상황이 벌어졌다.

그는 조금 전 나를 안을 때의 그가 아니었다. 그는 다른 사람이 되어 있었다. 나를 끌어안으며 괜찮다고 속삭였지만, 눈빛도 숨소리도 달라져 있었다. 짜증이 난 것도 같았다. 나는 그가 무서워졌다. 내가 그를 거부하자 그는 화가 났는지 내 양팔을 세게 그러쥐었다. 아팠고, 두려웠다. 나는 그를 뿌리쳤다. 그가 내 가슴팍을 향해 팔을 뻗었다. 내 티셔츠를 말아쥐고 그는 나를 밀쳤다. 나는 뒷걸음질 쳤고 침대 위로 쓰러졌다. 일어나려 했지만, 그의 양팔과 무릎이 내 몸을 짓눌렀다. 나는 버둥거렸다. 그의 힘을 당해낼 수 없었다. 그의 손이 내 청바지 지퍼를 거칠게 내렸다. 속옷 안쪽 깊숙이 그의 손이 들어왔다.

아래층에서 소리가 났다. 블렌더 소리 같았다. 그가 소리에 방해를 받는 동안 나는 그를 밀치고 몸을 일으켰다. 그가 나를 도로 눕혔다. 나는 팔을 휘둘렀다. 침대 옆에 있던 스탠드가 쓰러졌다. 블렌더 소리보다 더 큰 소리가 났다. 그가 하던 행동을 멈췄다. 욕지거리라도 쏟아낼 듯한 얼굴이었다. 김샜다는 듯 그가 내게서 떨어져 나갔다. 제 바지 안에 셔츠를 밀어넣으며 그는 지퍼를 올렸다. 그가 나를 쏘아보았나.

침이라도 뱉을 것 같은 표정이었다.

호랑 아줌마가 말한다.

"태민이 그러면 안 되는 거야."

"제 잘못이에요."

호랑 아줌마가 이내 고개를 저었다.

"수리아가 잘못한 거 없어. 좋아하는 사람이랑 같이 있고 싶은 건 잘못이 아니야. 그건 자연스러운 감정이야. 태민이 수리아를 만지는 느낌이 좋을 수 있고, 수리아도 태민을 만지는 게 좋을 수 있어."

호랑 아줌마의 손이 내 두 손을 그러잡는다.

"하지만 서로가 허용하는 데까지야. 태민이 수리아를 만지는 데는 수리아가 허용하는 데까지. 수리아가 원치 않으면 그 이상은 안 되는 거야."

호랑 아줌마의 말에 위안을 받으면서도 나는 울음을 멈추지 못한다.

"이런 일이 또 있어서는 안 돼."

호랑 아줌마의 양손이 내 눈물을 닦는다. 아줌마의 얼굴은 단호해 보인다. 아줌마에게서 생각지도 않은 말이 나온다.

"이 일을 아빠가 아셔야 해."

나는 너무 놀라 울음을 멈춘다.

"아빠에게 말씀드려야 해. 그래야 다시는 이런 일이 없어."

나는 호랑 아줌마의 손을 놓는다.

"그럴 수 없어요."

"그래야 해."

나는 고개를 젓는다.

"안 돼요. 제가 조심하면 돼요. 제가 피하면 돼요."

"태민이 그러지 않을 거야."

"그래도 그럴 순 없어요."

나는 두렵다. 나에게 쏟아질 비난이 두렵다. 태민은 백기 친구고, 아빠와 새엄마와도 오래 알고 지낸 사이다. 아빠와 새엄마는 나를 좋게 보지 않을 것이다. 나는 침묵해야 한다. 아무 일 없었던 것처럼.

호랑

(12월 17일)

중산이 미간을 모은다. 무슨 말을 할 듯하더니 혀만 찬다. 그러다가 나를 돌아본다.

"그래서 당신이 어쩌려고?"

기껏 한다는 말이라고는……. 나도 모르게 언성이 높아진다.

"어쩌긴 어째? 박 원장이 알아야지!"

"아이가 싫다잖아?"

"그런다고 넘어가?"

"애가 무서워하니까 그렇지."

"그렇다고 모른 척해? 모른 척할 수 있는 일이 아니잖아!"

"그 사람이 나서긴 하겠어?"

"자식 일에 안 나서면?"

"애한테 정이 없는 것 같아서 하는 소리야. 당신 얘기 듣기로는."

"그렇다고 애비란 자가 남의 콧구멍이나 귓구멍만 들여다봐?"

남자들은 다 저런가? 당장 나서라고 다그쳐도 분이 안 풀릴 판에? 경찰에 신고하라고 해야 하는 것 아닌가? 중산의 태도는 울고 있는 수리아와 다를 게 없다. 하지만 수리아는 열일곱 살이고, 중산은 반세기가 넘게 살았다. 그럼 좀 다른 데가 있어야 하는 것 아닌가!

태민이 오고 난 후 천 이사에게서 전화가 왔다. 내일 브런치 손님이 있다고 했다. 여덟 명이었다. 해산물로 준비해달라고 했다. 갑작스러운 초대나 도시락 준비 때문에 냉동고에는 언제나 충분한 식재료가 있었다. 나는 전복과 대합을 꺼냈다. 전복과 대합을 갈아 브로콜리와 생크림을 넣고 수프를 만들 생각이었다. 마음이 바빠졌다. 손끝이 얼얼해질 때까지 찬 것을 만졌다. 2층에서 소리가 들렸을 때는 블렌더 안에 전복을 넣어 갈 때였다.

태민이 빠르게 계단을 내려왔다. 그가 현관 쪽으로 가는 게 보였다. 블렌더를 멈추지 않은 채 내가 물었다. "왜, 그냥 가게?" 내 말이 들렸을 텐데 그는 돌아보지 않았다. "백기 안 보고?" 태민이 신경질적으로 현관문을 열고 나갔다. 나는 블렌더를 멈추었다. 시동 거는 소리에 이어 급발진하는 소리가 들렸다.

이상했다. 전에 보지 못한 행동이었다. 그러고 보니 백기는 오지 않았다. 2층에 있는 수리아가 그제야 생각났다. 불길한 느낌이 들었다. 설마, 하며 나는 2층으로 올라갔다. 수리아의 방문을 열자 수리아는 겁먹은 얼굴로 나를 쳐다보았다.

수리아가 황급히 눈물을 닦았다. 무슨 일이 있었는지 직감할 수 있었다. 언젠가 태민과 백기가 나누던 대화가 떠올랐다.

중산이 자리에서 일어난다. 그가 한숨을 내쉬며 말끝을 흐린다.

"거 참 그……."

방으로 들어가는 중산의 등을 쏘아본다. 나는 문득 딸아이를 생각한다. 내 딸에게도 이런 일이 있었을까? 이런 일이 있었는데 나와 중산은 모르고 있었던 건 아닐까? 부모는 자식을 얼마나 알까? 중산이 책상 앞에 앉아 눈 감고도 할 수 있는 일을 하는 동안, 내가 가스레인지 앞에서 육즙이 빠져나가지 않게 스테이크를 굽는 동안, 내 딸아이에게 무슨 일이 있었던 걸까? 나는 왜 그런 생각을 전에는 해보지 못했을까?

이렇게 끝날 수는 없어

수리아

(12월 22일)

방학이다. 방학을 기다려왔다. 방학이 되면 크고 작은 서점들을 순례하겠다고 마음먹었다. 책 구경을 실컷 하고, 책을 읽고, 책을 살 생각으로 들떠 있었다. 그 계획을 접었다.

나는 아무것도 할 수 없다. 책을 읽을 수 없고, 글을 쓸 수 없고, 잠을 잘 수 없다. 내 몸의 일부가 부서져 나간 느낌으로 하루하루를 보낸다. 입술이 깨져 있거나, 코가 절반쯤 떨어져 나갔거나, 엄지발가락이 덜렁거리거나. 나는 숨어 사는 짐승처럼 지낸다. 상처를 보이지 않기 위해, 어두운 숲에서 숨죽이고 있는 짐승.

나는 아빠와 새엄마에게 태민과의 일을 말하지 않았다. 그들의 시선을 감당할 자신이 없었다. 호랑 아줌마는 내 입장을 이해해주었다. 나는 호랑 아줌마에게 태민과의 일을 빠짐없이 털어놓았다. 그를 보고 설레었던 것. 미소년 같은 그의 얼굴이 끊임없이 눈앞에 어른거렸던 것. 그의 냄새가 좋았던 것. 그가 내게 보여주었던 관심에 로또라도 맞은 기분이었던 것. 그가 준 쿠폰을 들고 카페에 찾아갔던 것. 그가 내 손을 잡았을 때 뿌리치지 않았던 것. 그와 함께 있었던 잠깐의 시간이 즐거웠던 것. 그가 내 방에 들어왔을 때 두려우면서도 가슴이 두근거렸던 것. 그와의 입맞춤이 달콤했던 것. 그가 나를 안았을 때 어른이 된 느낌이었던 것.

호랑 아줌마는 나를 나무라지 않았다. 그녀는 나를 안아 주었다. 사람을 좋아하는 건 잘못이 아니라고 말했다. 그럼에도 불구하고 내가 나를 망쳤다는 느낌은 사라지지 않았다. 내 안에서 끊임없이 질책하는 소리가 들렸다. 네 책임이야. 그는 너를 처음부터 존중할 생각이 없었어. 그에게 너는 아무 때고 움켜쥘 수 있는 엉덩이나 가슴에 불과했어. 그를 좋아한 건 네 잘못이야. 보는 눈이 그렇게도 없니? 카페엔 가지 말았어야지. 그를 방에 들어오게 한 건 너였잖아? 너 역시 뭔가를 기대했다는 거야. 널 안았을 때 거부했어야지. 단호히.

내 질책이 나를 상처 낸다. 칼날 같은 초침이 째깍거린다. 시간이 갈수록 상처는 깊어진다. 나는 아프고 수치스럽다. 수치심이 들수록 죄책감이 머리를 든다. 어떤 자각이 찾아온다. 이래도 되는 걸까?

나는 소설을 썼다. 내 소설 속 주인공은 누군가에 의해 무참히 짓밟혔다. 나는 폭력이 어떻게 한 영혼을 파멸로 몰고 가는지 말하고 싶었다. 소녀가 겪어야 했던 아픔에 독자들이 공감했으면 했다. 그러기 위해 나는 그녀를 곤경에 빠뜨렸다. 그녀를 고통 속에 몰아넣었고, 절망의 바닥으로 끌어내렸다. 글을 쓰는 동안 나는 가해자가 된 느낌이었다. 나는 잔인했고, 울면서 썼다. 그녀가 싸우기를 바라서였다. 당당히 맞서기를 바라서였다. 그래야 한다고 생각했다. 하지만 그것이 내 이야기가 되자 나는 침묵하고 있다. 나는 이래도 되는 걸까?

횡단보도 건너편에서 카페를 바라본다. 오픈하던 날과 달리 카페는 한산해 보인다. 반짝이는 전구들 아래 사람들의 실루엣이 이따금 움직인다. 태민은 카페 주인이 친구라고 했다. 카페 주인을 만나면 태민을 만날 수 있을 거다. 나는 그에게 사과를 받아야 한다. 이렇게 끝낼 수는 없다.

신호등이 초록불로 바뀐다. 벌써 네 번째다. 사람들이 길을 건넌다. 나는 이번에도 건너지 못한다. 사람들 너머로 카페의 황금빛 새장을 바라본다. 햇살에 부딪힌 새장의 둥근 살이 차갑게 반짝인다. 저 새장을 보며 나는 가슴이 두근거렸었다.

횡단보도 안쪽으로 차 한 대가 멈춰 선다.

"수리아?"

내게 말을 건 사람을 알아보기까지 수 초가 걸린다. 운전석의 그는 나를 한번 보고, 길 건너편 카페를 건너다본다.

"카페 온 거야?"

나는 당황스러워 아무 말도 못 한다. 그가 조수석을 고갯짓한다. 초록불이 숫자로 바뀐다.

"타."

숫자가 하나씩 줄어든다.

"타라고."

숫자가 사라지고 신호등이 빨간불로 바뀐다. 뒤차가 짧게 경적을 울린다. 그가 백미러를 흘깃 본다.

"일단 타. 뒤에 차 있어."

뒤차가 다시 경적을 울린다. 당혹스럽다. 나는 얼떨결에 차에 올라탄다. 묵직한 차 문을 닫으려다 문고리를 놓친다. 차도로 발을 딛고 나는 문고리를 당긴다. 차 문이 착, 닫히며 귀에 감기는 소리가 난다. 엄마 차나 택시 문이 닫힐 때와는 사뭇 다른 소리다. 왠지 모르게 자신감이 떨어진다. 자동차 문 하나도 제대로 못 닫는 나. 경험이 없고 아직 뭘 모르는 나를 들킨 것 같은 느낌. 시작도 하기 전에 진 것 같은 느낌이다. 나는 사과를 받을 수 있을까? 간절함이 솟구친다. 태민이 사과해주었으면 한다.

차가 출발한다. 고개를 기울여 태민이 나를 본다.

"뜻밖이네?"

그의 목소리에 웃음기가 묻어 있다.

"그나저나 반가운걸? 잘 지냈어?"

나는 혼란스럽다. 그는 아무 일 없었던 것처럼 말한다. 그는 정말 아무렇지 않은 것 같다. 나를 보면 당황할 거라 생각했다. 나를 보면 민망해할 거라고. 나와 눈을 마주치지 못하고 미안해할 거라고. 그런데 그게 아니다. 그는 심지어 기분이 좋아 보인다. 나는 말한다.

"사과받으러 왔어요."

"사과?"

"사과해주세요. 저한테 그랬던 거요."

그가 잠시 생각하는 듯하더니 아, 하고 입을 다문다. 그러더니 힐끗 본다.

"그날 그 일?"

나는 대답하지 않는다. 그가 차선을 바꾼다. 맨 가장자리 차선을 따라가더니 그는 다른 진입로로 들어선다. 고속도로가 나타난다. 우르릉 소리를 내며 그의 차가 속도를 높인다. 다른 차들이 속속 뒤로 밀려난다.

"귀엽다, 너."

동공이 확장된 것처럼 눈앞이 뿌옇다.

"귀여워."

목소리가 들리는 방향으로 나는 고개를 젖힌다. 동굴 속에서 들려오는 소리 같다. 무딘 실루엣을 지닌 형체 하나가 눈앞에 어른거린다. 형체가 움직인다. 그것을 따라가려고 시선을 올리다가 눈을 감는다. 온몸에서 힘이 빠져나간다. 손바닥이 닿는 곳을 쓸어본다. 그것이 내 몸의 일부라는 걸 알아차리는 데 잠깐의 시간이 걸린다. 나는 소스라치며 일어난다. 일어나 앉고 나서야 한동안 정신을 잃었다는 걸 깨닫는다. 그곳이 침대이며, 내가 발가벗고 있다는 사실도. 나는 두 팔로 몸을 감싼다.

"깼어?"

얼음 부딪히는 소리가 들린다. 형체가 차츰 제 모습을 드러낸다. 태민이 트렁크 차림으로 나를 내려다보고 있다. 그가 유리잔을 좌우로 돌린다. 잔 속에서 투명하고 노르스름한 액체가 이리저리 기운다. 그가 그것을 제 입안으로 흘려넣는다. 반쯤 남은 그것을 그가 내게 내민다.

"마셔볼래?"

나는 웅크린 채 뒤로 물러난다. 내 옷은 어디 있는 걸까? 내 핸드폰은?

"여기 어디……."

말을 하려다 입을 다문다. 발음이 이상해서다.

"혀가 좀 꼬이지?"

나는 공포에 사로잡힌다.

"어딘지 알아서 뭐 하게?"

그가 픽 웃는다.

"사과하라며? 사과하려고 데리고 왔지."

그가 돌아선다. 희미한 웃음소리가 멀어진다.

두성

태민이 고등학생을 데리고 온 건 처음이다. 수리아라고 한다. 그녀는 불안해 보였고, 낯선 곳에 던져졌다는 사실에 겁을 먹고 있었다. 그녀는 태민과 나에 대한 경계를 늦추지 않았다. 그러면서도 그것을 드러내지 않으려 주의하는 것처럼 보였다. 혹여 태민을 자극해 더 나쁜 상황에 몰리게 될까 봐 두려워하는 것 같았다. 어떤 사정으로 태민의 차에 탔든, 어쨌든 그녀는 여기까지 왔다. 어느 순간 위험할 거란 생각이 들었을 터였다. 그렇다고 달리는 포르쉐에서 뛰어내릴 수도 없었을 것이다. 상대를 안심시키는 태민의 말에 자신의 안전을 맡기는 수밖에. 뜻밖인 건 그녀 쪽에서 원치 않은 동행이었던 것처럼, 태민에게도 그런 것 같았다. 그는 나와 눈을 마주치자 골치 아픈 일이 생겼다는 듯 인상을 찡그렸다.

여자들을 집으로 데려오는 건 태민에게 흔히 있는 일이다. 대개는 그들이 원해서 오는 거다. 그와 놀아보려는 여자들은 얼마든지 있으니까. 따라오기는 하지만 신중을 기하는 이들도 있다. 결과는 마찬가지다. 어떤 경우든 그들은 태민과 관계를 갖는다. 자발적인 상대야 말할 것도 없고, 깐깐한 상대라고 해서 예외가 되지도 않는다. 그들은 그들의 중추신경을 마비시키는 빛깔 좋은 탄산음료나 스카치 한 잔에 속수무책이 된다. 간혹 그 일을 고이 넘기지 않는 이들이 있다. 그렇다고 해서 태민이 곤경에 빠지는 일도 없다. 그가 저지르는 어떤 짓거리든 수습해주는 든든한 로펌 하나가 그의 등 뒤에 있으니.

복도를 걸어오며 태민이 말한다.

"사과하라는 거지."

그가 내 앞에 서서 술잔을 마저 비운다.

"사과……."

그가 픽 웃는다. 얼음만 남은 온더록스 잔을 그가 내게 내민다. 나는 잔을 받아 든다. 그가 말을 잇는다.

"아무튼 사과하라길래 한번 물어봤지. 안 하면 어쩔 거냐고."

그는 수리아가 있는 방 쪽을 턱짓한다.

"신고하겠다는 거야, 경찰에."

그러니까 그거였군. 거기에 빠졌다는 거군. 건드렸으니 맛을 보여주겠다는 거고.

"근데 이게 그냥 하는 말이 아닌 거야. 진짜 신고하겠더라고. 어린 게 독해."

태민이 나를 쏘아본다. 말이 되냐? 하는 얼굴이다. 내 성질 몰라? 하는 얼굴. 하지만 그게 다가 아니다. 그도 신경 쓰였던 거다. 수리아만 그랬던 게 아니라 태민 역시 겁을 먹었던 거다. 겉으로는 아닌 척하면서도 속으로는 쫄았던 거다. 그럴 수밖에. 하필 가족 일로 여론이 들썩이는 판에. 그의 아버지 일에, 빌딩 문제만으로도 시끄러운데, 수리아 일까지. 게다가 수리아는 미성년자다.

태민이 2층으로 건들건들 올라간다. 나는 우두커니 선 채 계단 위로 올라가는 그를 지켜본다. 그래서 어쩔 셈인가? 그녀를 가둘 셈인가? 그게 가능한가? 감당할 수 있는 일인가? 아니면 수리아의 영상이라도 찍어놓고 협박할 셈인가?

호랑

(12월 23일)

수리아가 집에 없다. 아침부터 보이지 않는다. 서점에 간
것일까? 수리아는 가을부터 방학을 기다려왔다. 그 조용한
아이가 내게 말했다. 방학이 되면 서점에 가서 시간을 보낼
거라고. 작은 서점에도 가고, 큰 서점에도 갈 거라고. 앉아서
든 서서든 실컷 책을 읽을 거라고. 꼭 사야 할 책을 사서 카페
에 갈 거라고. 거기서 음료수를 마시며 책을 읽을 거라고. 그
래도 그렇지 이렇게나 일찍? 나는 2층 계단 쪽을 올려다본
다. 한숨이 나온다. 아무 일 없었던 듯 대하고는 있지만, 걱정
이 안 되는 건 아니다. 수리아는 태민과의 일을 내게 털어놓
았다. 그녀는 자신을 탓했고 수치스러워했다. 내 얼굴을 보는
게 거북할 수 있다. 당분간 여유를 가지고 지켜볼 생각이다.

백기는 지난주에 다녀갔다. 사복으로 갈아입고 바로 나갔
다. 밖에서 태민을 만났을 터였다. 그 일 이후 태민은 오지 않
았다. 지은 죄가 있으니 낯짝을 들이밀 수 없었을 테지. 나쁜
놈. 당분간 이 집을 드나들지 못할 것이다.

연말이 가까워지면서 박 원장과 천 이사는 하루걸러 손님
을 초대한다. 내일은 아주 아주 바쁜 날이나. 천 이사의 지인

집으로 출근해야 한다. 인원이 많아 또 한 명의 셰프가 온다. 거기서 그와 함께 파티 음식을 만든다. 크리스마스 당일과 그다음 날은 쉬기로 했다. 오늘은 케이크를 두 개 구울 생각이다. 커다란 3단 케이크와 1호짜리 작은 케이크. 큰 케이크는 천 이사 부부와 그의 지인들을 위한 것이다. 작은 케이크는 수리아를 위한 것. 메모를 써서 남겨놓으면 알아서 찾아 먹도록.

수리아

(12월 23일)

이 아이는 누구일까? 나는 소녀에게서 눈을 떼지 못한다.

"넌 누구니?"

나는 간신히 묻는다. 그녀는 몇 살일까? 왜 이곳에 있는 걸까?

"이름이 뭐니?"

입안이 비릿하다. 나는 침을 삼킨다. 침을 삼켰는데 다시 비릿한 것이 고인다. 입을 닦자 손에 피가 묻어난다. 방 안에는 붙박이장과 침대와 협탁뿐이다. 소녀가 협탁 위의 곽에서 티슈 한 장을 꺼내준다. 나는 티슈를 받아 입을 닦는다. 피 묻은 티슈를 버리려고 두리번거리다가 내 몸을 감싼다. 나는 광택이 나는 크림색 실크 가운을 입고 있다. 끈이 풀려 있어 급히 여민다.

"내 옷 어디 있지?"

소녀에게 묻는다. 방 안 어디에도 내 옷은 보이지 않는다. 나는 벌떡 일어나 붙박이장 문을 연다. 아무것도 없다. 나는 소녀에게 부탁한다.

"내 옷 좀 갖다줄래?"

기억을 더듬는다. 나는 거실에 있었다. 태민이 내게 사과하겠다고 했다. 서 있는 내게 그가 앉으라고 했다. 내키지는 않았지만 소파 위에 앉았다. 그가 내게 밀크티를 내밀었다. 크고 하얀 머그잔이었다. 그 역시 같은 잔을 들고 있었다. 그가 내게 마시라고 했다. 나는 밀크티를 마셨다. 사과를 받는 게 우선이었지만, 그에게 시간을 주는 것도 필요하겠다고 생각했다. 그의 신경을 거스르지 않는 게 안전할 거라는 생각도 들었다. 하지만 어떻게 된 건지 나는 정신을 잃고 말았다.

정신이 들면서 또 한 사람이 보였다. 키가 큰 남자였다. 태민이 그를 두성이라고 불렀다. 그는 태민이 시키는 대로 했다. 기억이 선명해질수록 수치심이 나를 사로잡았다. 나는 태민에게 당했다. 저항할 수 없었다. 나는 늘어진 봉제 인형과 다름없었다.

소녀가 내게 빵과 생수를 건넨다. 나는 빵과 생수를 받는 대신 그녀의 손목을 움켜쥔다.

"날 여기서 나가게 해줘."

소녀가 내 손을 뿌리친다. 그녀의 손이 내 손을 벗어난다. 나는 다급하게 말을 잇는다.

"내 옷을 갖다주고 내 신발을 대문 앞에 놓아줘. 그리고 대문을 열어놔줘. 부탁이야."

소녀가 뚫어질 듯 나를 쳐다본다.

여긴 다른 곳이다. 아까 있었던 곳이 아니다. 춥고 어둡고 냄새도 다르다. 바닥에서 냉기가 올라온다. 여긴 어디일까? 어렴풋한 기억이 한 조각씩 떠오른다. 태민이 나를 보며 웃고 있었다. 그 옆에 소녀가 서 있었던가? 벽에 기대 있던 이는 두성이었다. 태민이 나를 후려쳤다. 두성이 쓰러진 나를 들어 올렸다. 그는 나를 들쳐 메고 복도로 나왔다. 그가 걸을 때마다 복도 마루가 흔들흔들했다. 머리가 쏟아질 것 같았다.

몸을 일으킨다. 바닥이 차가워 견딜 수 없다. 나는 주변을 더듬어 벽을 찾는다. 벽에 등을 기댄다. 벽도 차갑다. 그래도 바닥보단 낫다. 바깥 어디선가 희미한 빛이 새어 들어온다. 빛을 따라가자 길쭉하고 폭이 좁은 창 하나가 눈에 들어온다. 창밖에 가로등이 서 있다. 길게 드리워진 깃발이 보인다. 빨강과 갈색의 줄무늬 깃발이다. 이따금 밤바람에 깃발이 나부낀다. 저 밖에는 누가 있을까? 저 밖의 누군가는 짐작이나 할까? 이 안에서 어떤 일이 벌어지고 있는지?

머리는 맑고 생각은 또렷해진다. 혼미했던 상태가 지나간 것 같다. 맑고 또렷한 내 정신이 말한다. 내가 지금 할 수 있는 건 아무것도 없다고. 이 두려운 밤을 지새우는 것밖에. 나는 무릎 위에 얼굴을 묻는다. 노든을 생각한다. 《긴긴밤》의 노든을. 노든과 수많은 밤을 보낸 펭귄을. 그들이 보낸 긴긴밤들을. 내게도 노든이 있다면…….

서점에서 동화책 한 권이 눈에 띄었다. 뒤표지의 문장 한

줄이 내 눈길을 끌었다. "이 애를 바다에 데려다준다고 약속해."《긴긴밤》은 바다를 찾아가는 코뿔소 노든과 어린 펭귄의 이야기였다. 펭귄이 펭귄답게 살려면 바다로 가야 했다. 펭귄은 마침내 바다를 찾았다. 혼자서는 어림없는 일이었다. 그의 친구 노든이 있어 가능했다. 길고 긴 여정에 그들의 긴긴밤들이 있었다. 불확실하고 두려운 밤들이었다. 차라리 포기하고 싶던 밤들. 그 어두운 밤 끝에 바다가 있었다. 나는 지금 불확실하고 두려운 밤을 보낸다. 바다를 찾을 수 있을까? 내 소설 속의 소녀처럼, 나는 수족관을 떠나 바다로 갈 수 있을까?

문이 열린다. 불빛을 등지고 누군가 서 있다. 두성이다. 그가 무언가를 내게 던진다. 부피감이 있다. 그 위로 또 다른 무언가가 툭 떨어진다. 나는 무릎을 당겨 안는다. 닿으면 큰일이라도 날 것처럼. 두성이 문을 닫는다. 그의 발소리가 멀어진다. 발치에 와 닿은 물체를 만져본다. 차갑고, 푹신하다. 이불이다. 이불을 당기자 무언가 딸려 온다. 비닐봉지다. 봉지 안에 빵과 생수병이 들어 있다.

나는 차가운 현실로 돌아온다.《긴긴밤》은 동화 속 이야기다. 내 소설도 허구의 이야기다. 내게는 노든도 없다. 나는 홀로다. 나는 바다를 찾을 수 없을 것이다.

두섬

(12월 23일)

수리아의 순진함에 쓴웃음이 나온다. 그녀는 반디에게 도와달라고 했다. 반디는 수리아가 했던 말을 고스란히 태민에게 전했다. 태민이 반디에게 오늘은 할머니 집에 가서 자도 좋다고 말했다. 반디는 태민을 올려다보았다. 그가 진심이라는 걸 알고 반디는 지하 복도로 뛰어갔다.

태민의 집은 여섯 개의 침실과 네 개의 욕실을 갖춘 이층집이다. 지하의 넓은 파티룸과 뒷마당의 미니 농구 코트, 잘 단장된 정원이 딸린 현대식 건물이다. 같은 자재로 지어진 단층 건물이 담 하나를 사이에 두고 이웃해 있다. 반대쪽을 향하고 있는 대문 때문에 제각각의 주인이 사는 것처럼 보인다. 하지만 두 건물은 지하 복도로 연결돼 있다. 비밀스러운 복도는 아니다. 두 집을 한 집처럼 오가기 위해 만들어진 복도다. 단층집에는 태민의 할머니가 살고, 두 집의 대문 잠금장치는 같은 리모컨을 사용한다.

내가 처음 이곳에 왔을 때 태민은 나를 지하 파티룸으로 데리고 갔다. 그는 양쪽 집이 연결된 지하 복도를 보여주었다. 복도로 가는 길목엔 두 개의 방이 있었다. 태민이 방문을 하나씩 열어 보였다. 하나는 전에 살았던 정원사의 방이고, 다른 하나는 창고였다. 지금 수리아가 갇힌 곳. 그 방을 지나 통로 끝에 또 하나의 문이 있었다. 문을 열면 복도가 나오고, 복도는 단층집의 반지하 서재와 연결되어 있었다. 서재에는 건물 내부로 들어가는 계단과 정원으로 나가는 계단이 있었다. 귀찮은 일이 생겨 누군가를 따돌릴 때 유용하게 쓰이는 통로였다.

"옛날에 우리 꼰대 일 생기면 일루 튀었어." 태민이 말했다. 그는 자신의 아버지가 고의 부도를 낸 후 사람들이 찾아왔을 때의 이야기를 늘어놓았다. "도망가더라도 품위는 잃지 말자 이거지." 나 역시 그 통로를 통해 태민의 심부름을 했다. 그가 만나는 여자들을 단층집 대문을 이용해 데리고 오거나 내보내는 일이었다. 그쪽이 사람들 눈에 띄지 않았다.

태민의 아버지는 더 이상 이곳에 살지 않는다. 국회의원이 되기 전 그는 지방의 한 소도시로 주소지를 옮겼다. 지역구가 그곳이었다. 단층집에 출퇴근하는 가사도우미가 양쪽 집을 오가며 음식을 해준다. 20년 가까이 일해온 도우미다. 보고도 못 본 척, 듣고도 못 들은 척하는 게 몸에 배었다. 딱 한 번 그녀가 할머니를 두고 말했다. "아이 오고 나서 완전히 달라지셨어. 제 손자를 그리 이뻐하셨을까? 곁에서 한시도 떼놓지 않으시네." 아이는 새벽이를 말한다. 반디의 동생.

반디와 새벽이를 만난 건 1년 전이었다. 겨울이었고, 동이

틀 무렵이었다. 밤새 놀고 해장국을 먹겠다던 태민이 그냥 집으로 가자고 했다. 무슨 일인지 클럽에서부터 기분이 상한 터였다. 나는 그의 벤츠를 몰고 집으로 향했다. 그가 신경질을 부리며 지름길로 가라고 했다. 나는 골목길로 접어들었다.

　내리막길을 뛰어 내려오는 아이들이 보였다. 작은 아이와 큰 아이였다. 큰 아이는 여자아이고, 작은 아이는 남자아이였다. 그들은 아래쪽을 향해 위태롭게 뛰었다. 휘청이는 모습이 곧 넘어질 것 같았다. 작은 아이가 기어이 넘어졌다. 울음소리가 새벽 공기를 갈랐다. 큰 아이가 뒤를 돌아보며 작은 아이의 입을 막았다. 아이는 고개를 젖히며 더 크게 울었다. 큰 아이가 우는 아이를 들어 안고 뛰었다.

　"쟤들 봐라." 태민이 중얼거렸다. 아이들이 가까워졌다. "차 세워봐." 태민이 말했다. 나는 차를 세웠다. 차가 서자 아이들이 멈칫했다. 그들의 입에서 뽀얀 김이 뿜어져 나왔다. 태민이 창문을 열었다. "니들 어디 가니?" 작은 아이가 울음을 그쳤다. 눈물이 그렁그렁한 채 아이가 태민을 보았다. 큰 아이는 경계가 가득한 눈으로 태민을 노려보았다. "어디 가, 이 새벽에?" 작은 아이가 큰 아이를 올려다보았다. 큰 아이가 작은 아이를 데리고 뒷걸음질 쳤다. 소녀의 등이 전봇대에 부딪혔다. 전봇대 위로 '베델 사랑의 집'이라고 쓰인 표지판이 있었다. 글자 아래 있는 화살표가 아이들이 뛰어 내려온 방향을 가리켰다. 사정을 알겠다는 듯 태민이 끄덕였다.

아이들은 얇은 재킷 차림이었다. 큰 아이는 단추도 제대로 잠그지 않았다. 태민이 말했다. "니들 도망치는 거구나? 가다가 잡히면 어쩌려고?" 큰 아이가 그들이 뛰어 내려온 쪽을 휙 돌아보았다. 작은 아이가 딸꾹질을 했다. "데려다줄까?" 큰 아이가 작은 아이를 제 쪽으로 끌어당겼다. "어디든 데려다줄게." 큰 아이가 다시 오르막길 쪽을 돌아보았다. 태민이 차에서 내렸다. 그가 뒷좌석 문을 열며 말했다. "동생 감기 걸리겠다." 큰 아이가 태민을 쏘아보았다. 작은 아이가 또 딸꾹질을 했다. 태민이 차 안을 가리켰다. "차 안은 따뜻해." 큰 아이의 불안한 시선이 길 위쪽을 서성였다. 소녀가 서둘러 작은 아이를 뒷좌석에 태웠다.

반디는 지금 태민의 집에 살고, 새벽이는 태민의 할머니와 단층집에 산다. 반디는 태민의 집을 벗어나는 일이 없고, 새벽이는 할머니 집을 벗어나는 일이 없다. 이 모든 일은 그 새벽, 태민의 마음속에 일었던 일시적인 충동에서 비롯되었다. 어린 남매를 그냥 한번 데려온 것뿐, 아이들을 어떻게 하겠다는 계획 같은 건 애초에 없었다. 나중 일 따위는 생각하지 않는, 태민 특유의 즉흥적인 행동이었다. 그날의 그의 행동이 아주 헛된 것만은 아니었다. 그의 할머니를 기쁘게 해주었으니.

새벽이가 온 이후 태민의 할머니는 활력을 얻었다. 그녀는 새벽이를 곁에서 떼놓지 않았다. 국회의원 아들을 대하듯, 손자인 태민을 대하듯, 그녀는 새벽이를 대했다. 반디를 그렇게 대하는 법은 없었다. "저 아인 눈동자가 너무 검어." 반디를 두고 그녀는 말했다. "눈에 물기가 있고. 기운도 차. 복이라고는 없는 아이야. 저런 아이 곁에 두면 몸 상한다." 그녀는 반디를 태민의 집으로 보냈다.

반디가 새벽이를 데리고 시설에서 탈출한 건 새벽이의 입양이 결정됐기 때문이었다. 양부모는 그날 오전, 시설에 오기로 돼 있었다. 새벽이를 데리고 가기 위해서였다. 반디는 반디가 할 수 있는 일을 했다. 새벽이를 데리고 도망치는 일. 언젠가 반디에게 물은 적이 있다. 이렇게 사는 게 불안하지 않은지. 반디는 새벽이와 영영 떨어져 있는 것보단 이렇게 사는 게 낫다고 했다.

태민은 슬슬 아이들이 지겨워지기 시작했다. 그는 내게 보육원 근처에 아이들을 떨궈놓고 오라고 말했다. 할머니가 반대했다. 그녀는 새벽이를 보낼 수 없다고 했다. 새벽이가 누구 집 아이인지 궁금해하지도 않았다. 합법적인 경로를 통해 입양할 생각도 없었다. 그저 떼놓을 수 없다고 했다. 막무가내였다. 그렇다고 태민이 할머니 말을 들을 리 없었다. 그런 태민의 마음을 할머니는 돌려놓았다. 그녀는 그 방법을 알고 있었다. 태민에게 건물 하나가 증여되었다. 그녀의 명의로 돼 있는 6층 건물이었다. 안경원이 있던 건물.

반디는 하루에 두 시간 할머니 집에서 새벽이를 본다. 그 마저도 얌전히 굴어야 새벽이를 볼 수 있다. 이 집에 온 지 한 달도 안 돼 반디는 이곳에서 일어나는 모든 일을 알게 되었다. 태민을 찾는 여자들이 들락거릴 때, 반디는 제 방에서 꼼짝하지 않았다. 파티가 있을 때는 말할 것도 없었다. 행여라도 눈에 띄면 새벽이를 볼 수 없었다. 운 좋게 새벽이를 보는 시간이 길어지기도 했다. 드문 일이지만 자고 올 때도. 모두 다 태민의 기분에 달려 있었다. 그런 것까지 할머니는 막지 못했다. 그래봤자 태민이 이겼다. 건물이야 어차피 그에게로 넘어갔으니.

반디는 오늘 새벽이와 잠을 잔다. 그런 날을 반디는 손꼽아 기다린다. 말할 것도 없이 할머니는 좋아하지 않는다. 그래도 별 수 없다. 태민의 신경을 거스르지 않는 수밖에. 요즘 들어 특히 그렇다. 태민이 유독 변덕을 부리기 때문이다. 조금만 의견이 틀어져도 태민은 으름장을 놓는다. 새벽이를 보육원에 보내겠다고.

수리아가 아무리 간절히 부탁해도 반디를 통해 이곳을 빠져나갈 수는 없을 것이다.

내일은 크리스마스 이브다. 태민도 나도 집을 비운다. 태민은 클럽에서 죽기 직전까지 놀 거다. 이른 아침 집에 올 때 떨거지들이 묻어 오겠지. 그들은 보나마나 지하 파티룸에서 또 한바탕 광란의 장을 펼칠 거다.

태민이 묻는다.

"내일 입을 옷 드라이 해뒀어?"

"네."

"세 시쯤 나가자."

"네."

갑자기 생각난 듯 그가 말한다.

"나가기 전에 재워."

"네?"

태민이 눈을 치켜뜬다.

"아, 네."

수리아를 재우라는 말이다. 태민이 제 뒤통수에 손바닥을 갖다 댄다.

"깜찍하지 않냐? 나름 수 쓰는 게? 뭐? 대문 앞에 신발을 갖다놓으라고?"

욱, 하고 치미는지 그가 도끼눈을 뜬다. 말 같지도 않은 말이 그에게서 튀어나온다.

"야, 쟤 신발 갖다 버려. 아니, 반디 것도. 여자 신발 싹 다 갖다 버려! 재수 없어."

반디 신발을 버릴 것까지야. 바람이라도 쐬려면 슬리퍼라도 있어야 하는 것 아닌가. 태민이 나를 쏘아본다. 어쭈, 하는 얼굴이다.

167

"들었냐?"

"반디 것까지요?"

"들었냐고!"

요주의 인물을 대하듯 태민이 나를 본다. 안경원 임차인을 내보낸 후로 그는 종종 나를 그렇게 본다. 조심하라는 뜻일 테다. 나는 마지못해 대답한다.

"네."

태민의 따까리를 하기로 마음먹고 까짓 어떠냐 싶었다. 거리에서 주먹이나 날릴 때보다 편한 게 있었다. 날이 추워지는데 지낼 곳도 필요했다. 태민이 저지른 사고의 뒤처리를 하고 나면 얼마간 돈도 생겼다. 면허 딸 나이가 되기도 전에 운전도 배웠다. 태민은 겁도 없이 자신의 벤츠나 포르쉐를 내게 맡겼다. 포르쉐 운전석에 처음 앉았을 때, 그 엔진 소리에 어찌나 흥분되던지.

나는 새로운 난장판에서 놀았다. 클럽의 요란한 파티 맛을 알게 됐고, 텔레비전에서 보았음직한 여자들 언저리를 얼쩡거렸다. 태민이 알게 모르게 그들 중 몇몇과는 은밀히 노닥거렸다. 비싼 위스키도 홀짝였다. 부자가 된 기분이었다. 이런 식으로 사는 것도 뭐 나쁘지 않겠나 싶었다.

요즘 들어 다른 생각을 한다. 태민을 몰랐던 시절로 돌아가고 싶다.

검은 물 속으로

수리아

(12월 27일)

나는 흔들린다. 물에 빠진 신발처럼 떠 있다가, 물살에 이리저리 쓸리다가, 아래로, 아래로 가라앉는다. 빛은 점점 사라지고, 나는 깜깜한 해저에 닿는다. 나는 죽은 걸까?

내가 아직 살아 있음을 알게 된 건 내 앞을 어른거리는 그림자 때문이다. 나는 그림자를 올려다본다. 그림자 너머로 눈에 익은 창문이 보이고, 나무가 보인다. 여긴 지하실이 아니다. 처음에 갇혔던 곳이다. 희미한 방향제 냄새가 콧속으로 스민다. 그 냄새 속에 다른 냄새가 섞인다. 냄새가 내게 다가온다. 냄새가 내 옆에 놓인다. 냄새 옆에 작은 그림자가 서 있다.

의식이 조금씩 또렷해진다. 의식이 또렷해질수록 나는 절망한다. 나는 안다. 아무것도 할 수 없다는 것을. 다 끝났다는 것을. 상어잡이 기록 영상을 본 적이 있다. 사람들은 상어를 잡아 지느러미를 떼고 바다에 도로 던졌다. 상어는 헤엄치지 못하고 흔들흔들 물속으로 가라앉았다. 그들이 떼낸 지느러미는 수프가 되고, 도자기 그릇에 담기고, 누군가의 식탁 위로 옮겨졌다. 지느러미 수프를 먹어야만 하는 사람들의 식탁 위로. 나는 지느러미가 떨어져 나간 상어다.

목소리가 들린다.

"먹어요."

나는 목소리를 향해 고개를 든다.

"먹어야 해요."

먹어? 무얼? 소녀의 목소리를 처음 듣는다.

"안 먹으면 오빠한테 혼나요."

높낮이가 없는 목소리다. 생기를 빼앗긴 목소리.

"그러니까 먹어요."

나는 내 옆으로 눈길을 옮긴다. 내 눈이 냄새의 정체를 훑는다. 밥이다. 노란 밥. 달걀볶음밥일까?

달걀……. 좋은 기억이 있다. 달걀에 관한 좋은 기억. 채 친 감자 위에 올라간 달걀. 오므라이스를 덮고 있는 달걀, 버터와 설탕 속으로 뛰어든 달걀. 내가 지금 무슨 생각을 하는 거지? 그래, 호랑 아줌마 생각을 하고 있어.

나를 처음 만난 날, 호랑 아줌마는 채 친 감자 위에 달걀과 치즈를 올려 프라이팬에 구워주었다. 바삭하고 고소한 맛. 오므라이스를 먹은 날은 이마를 찧었다. 눈물이 찔끔 나도록 아팠지만, 나는 그날 배웠던 걸 잊지 못한다. 레몬과 라임 중하나를 고르는 법. 내가 정말 원하는 걸로. 호랑 아줌마와 컵케이크도 만들었다. 설탕과 버터 속으로 달걀이 뛰어들었다. 반죽기 아래서 노란 날살이 춤을 추었다. 드레스 치맛자락 같았다. 호랑 아줌마가 말했다. "달걀은 실온에 둔 거여야 해. 냉장고에서 바로 꺼낸 달걀은 안 돼. 버터도, 크림치즈도 다 실온이라야 해. 그렇지 않으면 굳어. 알겠지, 수리아?" 컵케이크. 촉촉하고 부드러운 바닐라크림컵케이크…….

"먹어요."

나는 목소리를 향해 고개를 든다.

"뭐라고?"

"제발 먹으라고요."

퀭하다 싶을 정도로 깊고 검은 눈이다. 그 눈으로 소녀는 나를 본다.

"왜?"

"때릴 거예요."

때린다고……. 그렇다. 태민은 내게 주먹을 휘둘렀다. 소녀에게 옷과 신발을 찾아달라고 했던 날이었다. 나를 나가게 해달라고 사정했던 날. 소녀는 내가 한 말을 태민에게 빠짐없이 전했다.

"계속 안 먹었어요. 안 먹으면 죽어요."

나는 침대 위에 눕는다. 소녀를 보지 않으려 벽으로 돌아 눕는다. 나는 눈을 감는다. 달걀이 사라진다. 호랑 아줌마도 사라진다. 바닐라크림컵케이크도 사라진다.

죽는 방법이 있었어. 왜 이제껏 그 생각을 못 했을까? 이곳에 온 지 여러 날이 지났다. 나는 정확히 어떤 일이 일어나는지 그때그때 알 수는 없으나, 태민이 내게 했던 구역질 나는 행위까지 모르는 건 아니다. 흐릿한 정신 속에서도 나는 내 다리 사이로 축축하고 기분 나쁜 것이 흘러내리는 걸 느낄 수 있었다. 일을 치르고 난 뒤 그에게서 들려오던 느슨한 웃음소리와 기분 나쁜 중얼거림도 들을 수 있었다. 나는 만신창이가 되었다. 내 존엄성은 찢긴 교복처럼 원래대로 되돌릴 수 없을 것이다. 소녀도 두성도 태민의 편이다. 다 끝났다.

한때 극단적인 선택을 하는 사람들의 마음을 이해할 수 없었다. 왜 좀 더 용기를 내지 않는 거지? 성폭력 피해자가 자살할 때는 더더욱 그랬다. 왜 싸우지 않는 거지? 억울하지 않아? 왜 만천하에 폭로하지 않는 거지? 피해자가 왜 죽어야 하는데? 나는 그들의 결정이 안타까웠고, 그들의 죽음에 슬퍼했고, 가해자가 처벌을 피해 가는 것에 분노했다.

내가 몰랐던 게 있다. 그런 일은 내게도 일어날 수 있었다. 그 끔찍한 일이 내게 일어났을 때, 평소의 내 생각이 얼마나 쉽게 무너질 수 있는지도 알았다. 나는 지금 싸울 수 없다. 내가 이곳에서 빠져나간다 해도 나는 싸울 수 없다. 싸우기 위해서는 그 일이 내게 일어났다는 사실을 받아들여야 한다. 공개적으로 인정해야 한다. 그래야 싸운다. 내게 이런 일이 일어났어요! 이러면 안 되는 거잖아요! 세상에 대고 외쳐야 한다. 하지만 자신 없다. 사람들은 믿힐 거다. 그게 자랑이야? 비아냥거릴 거다. 안 창피해? 내 신상은 공개되고, 내 사진은 인터넷을 떠돌 거다. 잔인한 댓글이 달릴 거다. 내게 폭력을 가한 자가 처벌받는다 하더라도 나 역시 너덜너덜해질 것이다. 그걸 감당할 힘이 내게는 없다.

전에는 그래도 힘이 있었다. 버틸 수 있는 힘이었다. 나는 언제나 외로웠다. 외로움을 이겨내는 일은 용기를 필요로 했다. 용기는 힘이었고, 두려움과 맞서야 얻을 수 있는 것이었다. 혼자라는 건 두려운 일이었다. 그러나 혼자라는 이유로 내가 아무것도 아닌 존재인 건 아니었다. 나는 한 살 한 살 나이를 먹었고, 옳고 그른 것을 구별했고, 좋아하고 싫어하는 게 분명했다. 행복한 건 아니지만, 불행한 것도 아니라고 생각했다. 불행한 것 같아도 완전히 불행한 건 아니라고 믿었다. 설사 불행하다 하더라도 계속 불행하지만은 않을 거라고 확신했다. 그게 내 힘이었다. 버티는 힘. 그 힘을 잃지 않고 있으면 불빛이 보일 거라 생각했다. 작은 기적도 일어날 거라 생각했다. 그런데 그 힘이 내게 남아 있지 않다.

나는 죽고 싶다. 내가 죽는다 해도 슬퍼할 사람은 없다. 엄마는 엄마의 새로운 인생을 찾아갔고, 아빠나 새엄마는 내가 2층에서 사라진 사실조차 모를 것이다. 호랑 아줌마는 이상하다 여길 테다. 아빠와 새엄마에게 얘기하겠지. 하지만 그들은 나를 찾지 못한다. 내가 이곳에 있다는 걸 그들이 어떻게 알겠는가. 학교에서도 날 찾지 않을 것이다. 어차피 나는 혼자였다. 혼자라는 건 투명인간과 다름없다. 아무도 기억하지 못할 것이다. 내 빈자리엔 다른 아이가 앉을 것이다. 다 끝났다. 나는 가라앉는 상어다.

상어는 처음부터 가라앉을 생각은 없었다. 제 몸통에 와 닿는 무지막지한 손에서 벗어나기 위해 몸부림쳤다. 칼을 든 손이 상어 머리 아래 깊숙이 칼날을 찔러넣었다. 상어 머리의 반이 동강 났다. 지느러미가 잘렸다. 미끈하고 날렵한 상어 지느러미는 단숨에 떨어져 나갔다. 지느러미가 떨어져 나간 상어는 바닷물 속으로 던져졌다. 몸통에 머리가 간신히 달린 채 상어는 건들거리며 가라앉았다. 햇빛이 닿지 않는 검은 물속으로.

호랑

(12월 27일)

가슴이 철렁 내려앉는다. 이건 아니다. 내가 남겨놓은 메모가 수리아의 책상 위에 그대로 놓여 있다. 크리스마스 케이크를 구워놓았다는 메모다. 23일에 구워놓았던 케이크다. 24일에는 천 이사의 지인 집으로 출근했다.

메모는 노란 장화가 인쇄된 이면지에 썼다. 수리아는 메모를 읽지 않았다. 메모를 읽었다면 수리아가 이대로 놔뒀을 리 없다. 안 그래도 출근하자마자 냉장고부터 열었다. 케이크가 그대로 있었다. 유자 시트에 흰 생크림으로 장식한 케이크였다. 케이크 위에는 설탕에 절인 복숭아를 소복이 올리고, 초콜릿 솔방울을 박아놓았다. 케이크를 먹으며 수리아가 미소 지었으면 했다. 어두웠던 마음이 조금이나마 풀리도록.

수리아에게 전화를 건다. 전원이 꺼져 있다. 아무래도 이상하다. 나는 수리아의 방으로 올라간다. 방 안은 잘 정돈돼 있다. 침대와 책장, 책상. 어디 하나 흐트러진 구석이 없다. 옷장을 열자 수리아의 옷들이 가지런히 걸려 있다. 서랍장 안의 옷들도 마찬가지고, 속옷들도 단정히 개켜져 있다. 가출한 건 아니다. 일을 보러 나갔을 것이다. 그런데 무슨 일이 생겼다. 그리고 돌아오지 않은 거다.

　내가 수리아를 마지막으로 본 건 22일이었다. 수리아는 아침을 먹으러 내려오지 않았다. 나는 그녀의 방으로 올라갔다. 그녀는 책상 앞에 앉아 있었다. 속이 안 좋아 아침을 건너 뛰겠다고 했다. 나는 그러라고 했다. 점심때 파스타를 해주겠다고 말하자 수리아가 고개를 끄덕였다. 파스타를 만들고 나서 그녀를 부르러 갔을 때, 그녀는 방에 없었다. 23일에도 수리아는 보이지 않았다. 전화를 해보았다. 전원이 꺼져 있었다. 24일에 나는 파티 장소로 출근했다. 그러니 그날 수리아가 집에 있었는지 나로서는 알 수 없다. 하지만 케이크와 메모지가 그대로 있는 걸로 보아 수리아는 22일부터 집에 없었다.

　박 원장과 통화한다. 나는 그에게 수리아의 행방을 묻는다. 놀랍게도 그는 수리아가 수일째 집에 없다는 사실을 모르고 있다. 그는 되려 무슨 얘기를 하는 거냐고 묻는다. 한 바가지 욕이라도 퍼붓고 싶은 마음을 누르고, 박 원장이 알아듣게 설명한다. 수리아를 마지막으로 본 날과 케이크를 만들어놓았던 일과 메모에 관한 내용까지.

　박 원장이 말한다.

"들어왔다 나갔을 겁니다."

"케이크가 그대로 있는데요?"

"먹고 싶지 않았나 보죠."

하마터면 내 입에서 '주제넘은' 말이 튀어나오려는 걸 늦지 않게 누른다. 수리아는 제가 만든 케이크를 좋아한다고요! 제 메모를 보고 그냥 넘어갈 아이가 아니거든요. 메모를 봤다면 문자라도 보냈을 겁니다. 그 아이는요, 감사할 줄 아는 아이예요! 진정하자, 백호랑……. 말 그대로, 주제넘지 않은가. 일개 고용인인 그대가 아이 아버지 앞에서 할 소리는 아니다. 대신 이렇게 말한다.

"핸드폰도 꺼져 있어요."

"요새 애들 꺼놓기도 하지 않나요?"

"경찰에 신고해야 하지 않을까 싶은데요."

"신고요?"

박 원장의 말끝에 불편한 기운이 묻어난다. 일개 고용인이, 기어이, 주제넘은 말을 하고 만 거다. 박 원장이 말을 자른다.

"그런 건 제가 알아서 할게요. 일단 알았습니다."

그가 전화를 끊는다. 찜찜하다. 이런 걸 조심해야 한다. 갑에게 을의 선을 지키는 것. 그럼에도 불구하고 나는 곧바로 천 이사에게 전화한다. 통화할 수 없다는 메시지가 들린다. 혹시 백기는 알까? 나는 이내 고개를 젓는다. 그가 알 리 없다. 세상에 쌀쌀맞기로는 백기를 따라갈 사람이 없다. 나는 메모지를 들고 전전긍긍한다. 일이 손에 잡히지 않는다. 생닭에서 살을 발라내다가 집게손가락을 베고 만다.

천 이사에게서 문자가 들어온다. 연말 파티에 관한 문자다. 나는 득달같이 전화한다. 천 이사가 받는다.

"이사님, 수리아가 집에 없어요."

"무슨 말이에요?"

"아이가 안 보여요. 며칠 된 거 같아요."

"무슨 말씀하시는지 모르겠네?"

"수리아가 없다고요."

"없어요? 나갔나 보죠. 방학이고 연말이고. 그 아이도 계획이 있지 않겠어요?"

"그게 아니라……. 언제쯤 들어오세요, 이사님?"

"나 늦어요. 원장님도 오늘 학회 사람들이랑 송년회 있고. 아, 내가 지금 전화할 상황이 아니에요. 이만 끊어요, 셰프님."

전화가 끊긴다. 망치로 뒤통수를 맞은 것 같다. 이 사람들, 이래도 돼?

두성

(12월 27일)

    수리아는 먹으려 들지 않는다. 반디는 식은 볶음밥을 치우고, 할머니 집 도우미가 새로 만든 흰죽을 가져온다. 침대 머리 앞에 앉아 숟가락을 들고 반디는 나를 쳐다본다. 나는 수리아를 일으켜 앉힌다. 젖은 솜처럼 늘어진 그녀의 몸이 한쪽으로 기운다. 기우는 쪽으로 나는 베개를 받친다. 손길을 느낀 수리아가 반쯤 눈을 뜬다. 무슨 일이 일어나는지 보려는 듯 그녀의 눈에 힘이 실리더니 도로 감긴다.

    반디가 죽을 떠 수리아의 입으로 가져간다. 수리아가 고개를 돌린다. 몇 번을 시도해보지만, 수리아는 먹지 않는다. 반디는 어찌할 바를 모른다. 수리아가 먹지 않으면 반디가 혼날 거라고 태민이 겁을 주어서다. 새벽이를 보러 할머니 집에 갈 수도 없을 것이다.

    태민이 방으로 들어선다. 분위기를 보더니 그가 몸을 기역자로 굽힌다. 반디와 시선을 맞추며 그가 말한다.

    "아직이야?"

    죽 그릇과 숟가락을 든 채 반디는 겁먹은 얼굴로 그를 쳐다본다.

"새벽이 안 볼 거야?"

반디의 눈에 눈물이 고인다. 눈물방울 하나가 뺨을 타고 구른다. 태민이 상체를 일으킨다. 그가 나를 본다.

"안 먹냐?"

나는 수리아에게로 눈길을 돌린다.

"네."

"근데 가만있냐?"

나는 어깨를 펴고 그를 쳐다본다.

"송장 칠 거야?"

태민의 눈빛이 변한다. 제 뜻대로 되지 않을 때 순식간에 돌아버리는 눈빛. 눈 깜짝할 새에 그의 주먹이 내 턱을 강타한다. 예기치 못한 주먹에 나는 벽에 부딪힌다. 반디가 놀라 죽 그릇과 숟가락을 떨어뜨린다. 수리아가 눈을 뜬다. 태민이 그녀를 돌아본다.

"정신 안 차리면 일단 깨워야 할 거 아냐!"

그의 주먹이 다시 내 턱으로 날아든다. 수리아가 낮게 외마디를 지른다. 그녀가 제힘으로 일어나 앉는다. 벽에 등을 붙인 채 그녀는 눈을 부릅뜬다. 태민의 손가락이 수리아를 찍듯이 가리킨다.

"아가리 벌려서 쳐넣으라고!"

수리아는 사태를 파악하는 중이다. 그녀는 반디를 쳐다본다. 반디는 쏟아진 죽을 대접에 쓸어 담는다. 태민이 그 보습

을 흘낏 본다. 무슨 마음을 먹었는지 그가 내게서 반디에게
로 돌아선다. 그가 허리를 굽혀 수리아와 눈을 맞춘다.

"안 먹어?"

그가 빙긋이 웃는다.

"네가 안 먹으면 이런 일이 벌어져."

태민이 반디의 뺨을 후려친다. 죽 그릇을 들고 일어서던
반디가 바닥에 고꾸라진다. 내가 태민의 팔을 잡는 사이 수
리아가 번개같이 일어난다. 그녀가 반디를 일으킨다. 태민의
얼굴에 재밌어하는 기색이 어린다. 믿을 수 없게도 그의 손
이 보란 듯 반디의 머리통을 내리친다.

"뭐 하는 짓이에요!"

수리아가 소리친다. 간신히 터져 나온 소리지만, 단호하고
매섭다. 그녀는 반디를 일으켜 끌어안는다. 안았다가 제 등
뒤로 돌려세운다. 볼거리가 생겼다는 듯 태민이 싱글거린다.

"재밌네!"

태민이 웃음기를 거둔다. 그가 내뱉는다.

"그러니까 처먹어."

호랑

(12월 27일)

거실을 왔다 갔다 한다. 무심하다고 해야 할지, 태평하다고 해야 할지, 아니면 그들의 방식이 원래 그런 건지……. 수리아에 대한 박 원장 부부의 반응에 내 불안은 커져만 간다.

"신고해야 하는 거 아냐?"

나는 애꿎은 중산을 몰아붙인다.

"애가 안 들어온 지 벌써 닷새 아니, 엿새째야. 신고해야 하는 거 아니냐고!"

"확실한 건 아니지. 그쪽 말대로 아이가 들어왔다 나갔는지도 모르고."

"이제껏 뭐 들었어?"

"뭘?"

"수리아는 그럴 애가 아니라고!"

"그건 당신 얘기고, 애 아빠 생각도 있는 거 아냐? 애 아빠가 알았다잖아. 그러니까 기다려봐. 무슨 말이 있겠지."

나는 거실 한가운데 멈춰 선다. 양손을 단단히 맞잡는다.

"내가 신고해야겠어."

중산이 눈썹을 치켜뜬다.

"당신이 무슨 자격으로 신고를 해? 해도 부모가 해야지."

"부모가 안 하니까 그렇지!"

"아, 일단 기다려보라고! 내일은 무슨 말이 있겠지."

중산의 전화벨이 울린다. 그가 텔레비전 볼륨을 죽인다. 상대의 말소리가 들린다. 대학 동창인 듯한 이가 송년회를 한 시간 앞당기자고 한다. 중산은 좋다고 대답한다. 상대는 소식이 닿지 않는 몇몇 친구들의 이름을 입에 올린다. 간간이 웃음소리가 들린다. 눈치가 보이는지 중산이 전화를 끊는다. 그가 다시 볼륨을 높인다.

"한가하네."

"누군 그러고 싶어서 그래?"

나는 소파에 털썩 앉는다. 텔레비전 소리가 거슬린다. 리모컨을 들어 볼륨을 내린다. 중산이 리모컨을 채간다. 그가 다시 볼륨을 올린다.

"시끄럽다고 좀!"

"아, 뉴스는 들어야 할 거 아냐!"

"당신 귀에 문제 있는 거 알아?"

"갑자기 왜 또 귀 타령이야?"

"해가 갈수록 커지잖아, 소리가!"

"나 원 참 들리기는 해야 할 거 아냐!"

"당신 늙었어."

"뜬금없기는. 그게 다 먹고사느라 고생해서 그런 거 몰라?"

고생 좋아하시네. 나는 자리에서 일어나 거실을 왔다 갔다
한다. 중산이 냅다 소리를 지른다.

"아, 정신 사나워! 제발 좀 앉아!"

호랑

(12월 28일)

박 원장 부부가 수리아의 실종을 신고했다. 정확히 말하자면, 실종 신고가 아니라 가출 신고였다. 그들은 수리아가 여행이라도 갔다고 믿는 눈치였다. 어차피 아침저녁 인사를 안 해 버릇했으니 굳이 알리지 않고 떠났을 거라고. 백기도 그러지 않느냐고. 백기는 종종 말없이 집을 비웠다가 불쑥 돌아오곤 했다. 부부는 수리아도 그럴 거라고 생각했다. 조만간 돌아올 거라고.

"태민이 한 짓거리를 말하려다 참았네."

"잘했어."

중산이 심드렁히 말한다.

"잘한 일인진 모르겠고."

"수리아가 원칠 않잖아."

태민이 의심스럽다. 시간이 갈수록 그렇다. 중산이 묻는다.

"그래서 백기 컴퓨터는 열어봤고?"

"열어봤지."

"있어?"

"있더라고. 바꿨으면 어쩌나 했는데."

점심때 박 원장 부부 집에서 런치 모임이 있었다. 식사는 세 시에 끝났다. 그들은 어딘가로 자리를 옮겼고, 집에는 나만 남았다. 나는 백기 방으로 올라가 컴퓨터를 켰다. 얼마 전 간식을 주러 갔다가 화면을 보았던 일이 기억났다. 태민과 백기가 찍은 사진이 배경화면으로 깔려 있었다. 태민의 집에서 찍은 것이라고 했다.

이층집이었다. 사진 속 둘은 태민의 포르셰 앞에 서 있었다. 태민의 집 왼쪽으로 나지막한 옹벽과 산울타리가 보였다. 그 너머로 유럽풍의 건물 일부와 가로등, 앤티크 분위기가 나는 황동 간판과 기다란 깃발도 보였다. 빨강과 갈색의 줄무늬 깃발이었다. 카페라고 쓰인 영문 옆으로 그보다 작은 한글이 나란히 쓰여 있었다. 한글은 세 글자였다. 산울타리에 걸려 위쪽의 반만 보였다. 뭐라고 쓴 걸까?

첫 번째 글자는 쌍비읍과 모음 'ㅏ'였다. 두 번째 글자의 자음은 길쭉하게 아래로 내려갔고 모음 'ㅏ'와 함께 있었다. 세 번째 글자는 미음만 보였다. 단어를 만들어보려 했으나 짐작도 가지 않았다. 카페라고 쓰인 황동 간판 아래 영어 철자들이 눈에 띄었다. 글자들이 온전히 나와 있기는 했으나 하도 작아 알아볼 수가 없었다. 나는 핸드폰으로 사진을 찍어 확대시켜보았다. Breadfruit이라는 단어였다. 빵과일? 한글 자음과 모음 조합에 맞지 않았다. 영어사전에 들어가 단어를 찾아보았다. 빵나무라는 뜻풀이가 나왔다. 무릎을 탁쳤다. 한글과 정확히 맞아떨어졌다.

　카페 이름은 '빵나무'였다. 나는 컴퓨터를 끄고 주방으로 내려왔다. 핸드폰으로 빵나무 카페의 위치를 검색했다. 어렵지 않았다. 카페가 올라온 블로그와 유튜브도 있었다. 카페 옆의 가로등과 간판, 기다란 깃발과 산울타리가 영락없이 태민의 집과 이웃하고 있는 카페였다. 고급 주택가에 있어 아는 사람들만 알음알음 찾는 곳이었다.

　"그래서 가보게?"

　"같이 가."

　"내일 우리 부서 송년회야."

　나는 중산을 잡아먹을 듯 쏘아본다.

　"그놈의 송년회!"

깜빡이는 것

수리아

(1월 2일)

"일어나요."

작은 목소리에 나는 눈을 뜬다. 소녀가 나를 일으킨다. 내 등에 닿은 그녀의 가녀린 팔이 애써 힘주는 게 느껴진다. 그녀의 숨결에 내 머리칼이 뺨을 간질인다. 내가 침대 위에 앉자 그녀는 내게서 물러난다. 우리의 눈이 마주친다. 소녀가 나직이 시선을 떨군다. 그녀는 손을 뻗어 협탁 위의 오렌지 주스를 내게 내민다. 빨대 끝이 내 입술에 닿는다. 나는 기우뚱 벽에 기댄 채 주스를 한 모금 빨아들인다. 차고 쓴 것이 입 안으로 들어와 목구멍을 타고 넘어간다. 눈이 제대로 떠진다. 갑자기 갈증을 느낀다. 나는 정신없이 주스를 빨아들인다.

나는 먹지 않기를 포기했다. 먹지 않을 때 어떤 일이 일어나는지 내 눈으로 보았다. 내가 주스 잔을 무릎 위로 내리자 소녀는 그것을 받아 협탁 위에 놓는다. 소녀의 깡마른 손이 주스 잔 옆에 놓인 둥글고 큼지막한 빵으로 옮겨 간다. 나는 속으로 묻는다. 넌 누구니? 몇 살이니? 왜 여기에 와 있는 거니? 왜 도망치지 않는 거니?

소녀가 내게 빵을 내민다.

"먹어요."

나는 소녀에게서 빵을 받아 든다. 각설탕만큼 작은 깃발 장식이 빵 위에 꽂혀 있다. 빨강과 갈색의 줄무늬 깃발이다. 낯익다 싶어 기억을 더듬는다. 전에 지하실에 있을 때 보았던 깃발이다. 가로등 옆에서 흔들리던 깃발. 빵집 깃발이었다. 빵집이라면 커피도 있겠군. 밀크티도. 갓 구운 빵과 따뜻한 음료를 마시며 담소를 나누는 사람들이 있을 거다. 바로 이웃집에서 어떤 일이 일어나는지도 모르고.

내가 빵을 들고만 있자 소녀가 빵 위에서 깃발을 뽑는다. 그녀가 말한다.

"빵 먹어요."

생크림 빵이다. 두 개의 보드라운 빵 사이에 생크림이 가득하고 딸기와 오렌지가 폭폭 박혀 있다. 호랑 아줌마가 생각난다. 호랑 아줌마와 한 번 더 컵케이크를 만들었다. 두 번째 컵케이크는 초콜릿크림컵케이크였다. 호랑 아줌마는 그때도 물었다. "스트로베리크림컵케이크 아니면 초콜릿크림컵케이크?" 나는 둘 다 좋았지만, 내가 더 만들고 싶은 컵케이크를 골랐다. "초콜릿크림컵케이크요." 아줌마가 말했다. "탁월한 선택! 초콜릿크림컵케이크 작업 개시!"

호랑 아줌마는 자잘한 초콜릿 콩들을 중탕으로 녹였다. 끓는 물에 담긴 투명한 볼 안에서 초콜릿 콩들이 녹았다. 호랑 아줌마와 나는 녹은 초콜릿을 손으로 찍어 먹었다. 초콜릿은 달고 쌉싸름하고 따뜻했다. 행복한 웃음이 절로 나왔다. 호랑 아줌마가 흰 생크림을 만들어 공중에 둥 떠 보였다. "이것 봐. 매끄럽고 힘이 있지?" 매끄럽고 힘이 있는 생크림 속으로 녹은 초콜릿이 섞였다. 생크림과 초콜릿이 반죽기 안에서 빙글빙글 돌았다.

소녀가 나를 보고 있다. 그녀의 눈에 어떤 무늬가 감돈다. 그녀 또래의 눈에서 볼 수 있는 눈빛. 어린아이의 눈빛. 내가 호랑 아줌마를 떠올리는 동안, 녹은 초콜릿을 손으로 찍어 먹고 웃음을 터뜨리던 일을 떠올리는 동안, 소녀는 저런 눈으로 나를 보고 있던 걸까? 나는 그녀에게 웃어 보인다. 그녀의 얼굴에 미소가 떠오르는가 싶더니 퀭한 눈으로 돌아간다. 의무를 다하는 눈. 어른의 눈.

수리아

(1월 3일)

입안에서 고무 줄기를 굴리다 목구멍으로 넘기는 느낌이다. 접시 위의 파스타가 반 이상 남아 있다. 못 먹겠어, 하는 말이 나오려는 걸 참는다. 나는 접시 위에 포크를 내려놓는다. 소녀에게 말한다.

"나머진 나중에 먹을게."

소녀가 접시를 협탁 위로 옮긴다. 나는 조심스럽게 묻는다.

"이름이 뭐야?"

소녀가 조용히 숨을 들이마신다. 그녀의 납작하고 앙상한 가슴팍이 위로 솟았다가 가라앉는다.

"반디."

"반디?"

그녀의 대답에 나는 적잖이 감동한다. 이름만 알았을 뿐인데 마음이라도 나눈 것 같다.

"나는 수리아야."

반디가 가만히 나를 본다. 그녀에게 지금 어른의 눈빛은 없다.

"몇 살이야?"

"열두 살."

열두 살 소녀가 왜 여기에 와 있는 것일까? 열두 살 반디가 왜? 반디가 흘깃 문 쪽을 돌아보더니 침대 아래로 눈길을 옮긴다. 그녀가 침대 아래서 무언가를 꺼낸다. 그녀는 그것을 내 무릎 위에 올려놓는다. 제법 부피가 있는 봉지다. 그녀가 말한다.

"핸드폰은 없어요."

봉지 안에는 검은 스웨터와 검은 트레이닝 바지가 들어 있다.

"누구 건지는 몰라요. 태민 오빠 건 아니에요."

반디가 소리 죽여 말한다.

"대문 앞에 신발을 내놓을게요."

"신발을?"

"아직 찾지는 못했어요. 신발들이 다 어디로 갔어요. 내 신발도. 어디 있긴 할 거예요. 찾아볼게요."

거짓말처럼 에너지가 솟는다. 나는 반디의 가냘픈 어깨를 덥석 잡는다. 그러니까 이 옷을 입고 나가면 되는 거지? 현관을 열고 나가면 대문 앞에 신발이 있다는 거지? 문을 열어주겠다는 거지? 마침내 이 지옥 같은 곳을 탈출하는 거지? 문득, 반디가 준 감격에서, 나는 깨어난다. 무언가 빠져 있다. 나는 반디에게 묻는다.

"너는?"

영문을 모르겠다는 듯 반디가 나를 본다.

"너도 가야지, 반디야."

태민이 그녀에게 어떻게 하는지 나는 보았다. 반디는 이곳을 나가야 한다. 반디가 당황한 얼굴로 나를 본다. 그녀가 고개를 가로젓는다.

"난 안 가요."

"왜?"

"못 가요."

"못 가다니? 여긴 네가 있을 곳이 아니야. 너도 가야 해. 여길 나가야 해."

"안 돼요."

"가야 해. 너 안 가면 나도 못 가!"

나 혼자 갈 수는 없다. 태민이 어떤 사람인지 알고 난 이상 반디를 남겨두고 갈 수는 없다. 이곳을 나서면 나는 경찰서로 달려갈 거다. 태민은 범죄자다. 나는 그를 고발해야 한다. 경찰이 출동할 것이고, 태민은 다소곳이 기다리고만 있지 않을 것이다. 그는 교활하고 잔인하고 무서운 게 없는 사람이다. 두성은 알아서 입을 다물 것이고, 태민은 자신의 죄를 감추기 위해 무슨 짓이든 할 것이다. 반디를 다른 곳에 가둘지도 모른다. 어쩌면 영영 찾지 못하는 곳에.

"가야 해, 반디야!"

나는 다급하게 말한다. 반디가 세차게 고개를 젓는다. 나는 반디의 두 손을 움켜쥔다.

"여기 있으면 안 돼. 도망가야 해!"

반디가 거칠게 나를 뿌리친다. 그녀가 내게서 떨어져 나간다. 그녀는 일어서서 뒷걸음질 친다. 내게서 눈을 떼지 않은 채 그녀는 문고리를 돌린다. 그녀가 방을 나간다. 문이 잠긴다. 나는 닫힌 문을 바라본다. 조금씩 어두워지다가 밤이 된다. 반디는 다시 방에 돌아오지 않는다. 모든 것은 원래대로 돌아간다.

누군가 내 귀에 속삭인다. '이야기를 쓰고 싶었어.' 나는 퍼뜩 깨어난다. 방 안을 둘러본다. 아무도 없다. 꿈을 꾼 걸까? 창밖에서 달빛이 새어든다. 나는 검푸른 하늘을 올려다본다. 하늘에 별들이 총총히 떠 있다. 별들을 하나하나 따라간다. 잔잔한 활자들을 따라가듯. 문득, 중요한 무언가를 잊고 있다는 생각을 한다. 중요한, 아주 중요한 것.

나는 내가 작가라는 사실을 떠올린다. 그렇다. 나는 작가다. 이야기를 쓰는 작가. 한동안 그것을 잊고 있었다. 내가 작가라는 사실. 나는 작가로 돌아가야 한다. 두려움에 떨면서 이렇게 웅크리고만 있을 게 아니라, 책을 읽고 글을 쓰던 방으로 돌아가야 한다. 이야기를 써야 하는 사람은, 써야 한다.

《빌리 서머스》를 생각한다. 아빠네 집 2층, 그 낯선 방에서 독서대 위에 제일 처음 펼쳐놓았던 책. 빌리에게는 아픈 과

거가 있었다. 거구의 사내에게 아홉 살 여동생이 밟혀 죽었다. 사내가 캐서린을 죽인 이유는 어떻게 그렇게 바보 같을 수 있느냐는 거였다. 쿠키를 태우다니! 빌리는 동생을 밟아 죽인 사내를 총으로 쏴 죽였다. 사내의 총이었다.

빌리는 그것을 썼다. 제 이야기를. 나는 허구의 이야기를 썼지만, 소설 속 빌리는 자신의 이야기를 썼다. 그는 그 이야기를 완성하지 못했다. 완성하지 못한 채 그는 죽었다. 그렇다면 그는 불행한 걸까? 나는 그렇지 않다고 생각한다. 어쨌든 그는 썼다. 쓸 수 있을 때까지. 그는 말했다. "글을 쓸 수 있어서 좋다. 예전부터 글을 쓰고 싶었는데, 지금 이렇게 쓰고 있다. 그래서 좋다. 하지만 이렇게 아플 줄 어느 누가 알았을까?"

나는 두 번째 이야기를 써야 한다. 쓸 수 있을 때까지 써야 한다. 세 번째, 네 번째 이야기도 쓸 거다. 설사 그게 아픈 이야기일지라도.

나는 눈을 감는다. 잠을 청한다. 나는 작가로 돌아가야 한다.

두성

(1월 3일)

    오늘도 돌멩이를 줍는다. 공깃돌 크기다. 모두 일곱 개. 각각의 돌멩이는 종이에 꽁꽁 싸인 채 현관 앞에 떨어져 있다. 종이는 A4용지 4분의 1 크기이고, 한쪽 면에 그림이 인쇄되어 있다. 그림은 형태가 온전한 것도 있고, 일부만 나온 것도 있다. 오늘 것은 양과 고양이 같은 동물 캐릭터들과 손뜨개 털장갑이다.

    돌멩이를 줍기 시작한 건 며칠 전부터다. 처음엔 두 개였다. 그러더니 개수가 조금씩 늘었다. 어제와 오늘 것은 합쳐서 열 개가 넘는다. 빵나무 카페 쪽에서 넘어왔을 거다. 거기 말고는 넘어올 데가 없다. 누가 장난치는 것 같다. 어제 빵나무 카페에 빵을 사러 갔다. 페도라 모자를 쓴 매니저에게 말했다. 누가 현관 앞에 돌을 던진다고. 아무래도 이쪽에서 넘어오는 것 같다고. 결제를 하려다 말고 그가 눈을 동그랗게 떴다. "이쪽에서요? 누가요?" "모르죠. 혹시 아시나 해서……." "글쎄요. 여기가 애들이 오는 곳도 아니고……." 그가 물었다. "무슨 피해가 있었나요? 유리창이 깨졌다든지?" "아뇨, 그런 건 아니고." "다행이군요." 나는 결제를 해 달라고 했다. 더 물을 수는 없었다. 유리창도 안 깨졌는데.

공깃돌은 모두 합쳐 스무 개가 넘는다. 나는 그것들을 반
디에게 주었다. 반디는 돌멩이보다 돌멩이를 싸고 있는 그림
종이에 더 관심이 많았다. 돌멩이를 쌌던 종이들을 손으로
싹싹 펴서 이리 돌려보고 저리 돌려보았다. 한데 모아 손에
쥐고 그림책처럼 후르르 넘겨보기도 했다. 다 보면 그것들을
차곡차곡 모아 스웨터에 달린 사각 주머니 안에 넣었다. 주
머니가 소복했다.

태민이 머리를 헝클어뜨리며 방에서 나온다. 김 변호사와
통화 중이다. 표정이 별로다. 새삼스럽진 않다. 김 변호사와
통화할 땐 대체로 그렇다. 문제가 있다는 거니까. 그가 상대
의 말을 자르고 제 말을 한다.

"됐고, 김 변은 제발 기자들 입단속 좀 시키세요. 재판 끝
난 게 언젠데."

그의 언성이 높아진다.

"그러니까 법대로 해서 우리가 이겼잖아요! 그런데 뭘 더
얘기해요? 또라이 새끼 쓸 거 없으면 연예인 기사나 쓰라고
하세요."

그가 일방적으로 전화를 끊는다.

"이게 다……."

그가 입술을 비튼다.

"그 안경원 새끼 때문이야."

무슨 내용인지 알 것 같다. 태민의 아빠에 관한 기사 때문이다. 신문에서는 과거 그의 사업장에서 있었던 불미스러운 일과 고의 부도, 잠적, 탈세, 거액의 재산 신고 누락 등에 관한 기사를 하나둘 쏟아냈다. 한 차례 오르내리다 수그러들 만하면 또다시 한 토막 더 파헤쳐진 기사가 나왔다. 태민을 화나게 하는 건, 이 골치 아픈 여론이 그가 안경원 세입자를 강제 퇴거시켰던 일을 계기로 시작됐다는 거였다.

안경원 사장은 깡패들을 앞세워 밀고 들어오는 용역업체를 온몸으로 막아섰다. 가게에 있던 제품들이 모조리 박살 났다. 직원들은 겁에 질려 아무 저항도 못했다. 그는 지금 어디서 무얼 할까? 가게는 얻었을까? 다친 상처는 아물었을까? 변호사 비용을 감당하지 못해 우리 집처럼 빈손이 됐을까?

아빠는 어떻게 지낼까? 아직도 술을 마실까? 술에 취해 엄마를 때리고, 순두부 뚝배기를 내리칠까? 부러진 이빨은 고쳤을까? 치과에 갈 돈은 있었을까? 희성이는 아직도 구석 테이블에서 밥을 먹을까? 내년이면 희성이는 중학교 3학년이 된다. 희성이는 행패 부리는 아빠를 어떻게 대할까? 봐줄까? 아빠니까? 나 대신 아빠를 벽에 밀어붙일까? 아빠를 죽일지도 모른다는 생각에 가출을 생각할까? 거리에서 아무나 패고 다닐까? 혹시 누군가를 만날까? 태민 같은?

호랑

(1월 3일)

중산이 나를 힐긋 본다.

"수리아가 그 집에 있을 거라고 어떻게 그렇게 확신해?"

"느낌이라는 게 있어."

"느낌만 갖고 돼?"

"그것마저 없으면?"

나는 귤껍질을 노려본다. 중산이 알맹이는 까먹고 탁자 위에 던져놓은 귤껍질이다. 그냥 놔둬도 될 것을 조각조각 내놨다. 지저분하게도 먹는군. 나이 먹으면서 점점. 나는 눈길을 돌린다. 텔레비전이 중산이라도 되는 양 화면을 쏘아본다.

"도대체 왜 아무 소식이 없는 거야? 찾고 있기는 한 거야?"

중산이 내 쪽으로 고개를 휙 돌렸다가 원위치로 가져간다. 무슨 말을 하려다 입을 다문다. 잘 생각했다. 지금 나를 말렸다간 용서하지 않을 테다. 이젠 남편이고 뭐고 없다. 수리아가 실종된 지 열흘이 넘었다.

수리아의 실종이 태민과 관련돼 있으리라는 건 말 그대로 느낌이다. 육감. 그러나 내 육감은 함부로 볼 게 아니다. 덮어놓고 나온 것도 아니다. 그럴 만한 앞뒤 정황이 있지 않은가.

사실에 근거한 고차원적 육감이다. 게다가 경찰과 박 원장 부부는 무능하고 무심하다. 다같이 사이좋게 무능하고 무심할 수는 없지 않은가. 내 육감이라도 살아 있어야지.

수리아는 조용한 아이다. 학교와 집을 오가던 아이. 집에서도 있는 듯 없는 듯했다. 나와 가까워지면서 주방에 머무는 시간이 길어지기는 했지만, 기본적으로 제 방에 혼자 있는 걸 좋아하는 아이다. 방학 때 서점에 다닐 생각으로 설레었던 아이. 그런 아이가 없어졌다. 그 아이의 일상을 흔들어놓았던 건 무엇이었나?

태민과 있었던 일련의 일들은 수리아에게 돌풍과도 같았다. 시작은 달콤하고 강렬했고, 그 끝은 혹독하고 험악했다. 수치심과 자책감이 그녀를 괴롭혔다. 그 상황에서 수리아는 어떤 생각을 했을까? 자존감을 회복하고 싶지 않았을까? 수리아가 자존감을 회복하는 일이 태민에게는 반가운 일이었을까? 태민은 내키는 대로 행동하는 아이다.

수리아는 돌아오지 않고 있다. 태민과 관련돼 있는 게 맞다면, 수리아가 돌아오지 않는 건 그녀의 의지라고 볼 수 없다. 빠져나올 수 없는 상황인 거다. 그런 상황이라면 태민의 집일 가능성이 크다.

중산이 묻는다.

"수리아가 돌멩이를 보긴 하겠어?"

"그러기를 바라는 거지."

"이면지를 알아보기나 하고?"

"그거야 당연하지."

12월 30일부터 나는 매일 저녁 빵나무 카페에 갔다. 주차장 가로등과 줄무늬 깃발 아래서 돌멩이를 던졌다. 그림 종이로 꽁꽁 싼 돌멩이였다. 이왕이면 크기가 비슷한 예쁜 돌을 골랐고, 이면지도 인쇄가 잘된 것으로 골랐다. 뭔가, 하고 한 번쯤 펼쳐보도록. 공깃돌이 곧장 쓰레기통으로 가는 게 아니라 잠시나마 실내에서 뒹굴도록. 그것을 싼 그림 종이 하나가 어떻게든 수리아의 눈에 띄도록.

나는 수리아가 알았으면 했다. 그녀가 혼자가 아니라는 걸. 어딘가에 갇혀 있다 하더라도, 그녀를 찾는 누군가가 있다는 걸. 어떤 상황에 처해 있든 수리아가 희망을 잃지 않기를 바랐다. 경찰이 그의 집을 수색할 때까지 끄떡없이 버티기를. 그래서 돌이라도 던져보는 거다.

중산이 회의적인 표정을 짓는다.

"그게 될까?"

저놈의 부정적인 생각. 늘 의심하는 버릇. 여지없이 중산스럽다. 중산이 고개를 휘휘 젓는다.

"그게, 그게……."

"당신은 딱이야."

중산이 돌아본다.

"뭐가?"

"공무원이 딱이라고."

"듣기 거북한데?"

"뻔한 일 외에는 하려 들지 않잖아?

"공무원 무시하는 거야?"

"도대체가 창의적이질 않아."

"얼씨구!"

중산이 눈을 부릅뜬다. 세상 못났다. 딸내미한테 말해야겠다. 얼뜨기 캐릭터가 필요하면 제 아빠를 참고하라고. 갑자기 좋은 생각이 든다. 나는 말한다.

"당신 그 눈 크게 뜨고 우리 태민이네 쳐들어가자. 경찰 대신 쳐들어가자고. 내가 당신 존경해줄게."

수리아

(1월 5일)

오늘까지 연이틀 조용하다. 태민은 나를 괴롭히지 않는다. 수면제 넣은 음료도 들이밀지 않는다. 어제는 두성이, 오늘 아침은 반디가 음식을 놓고 갔다. 반디는 나와 눈을 마주치지 않는다. 그녀는 나를 도와줄 생각을 버렸다. 내가 이 집을 나갈 수 있었던 단 한 번의 기회는 없었던 것이 되었다.

몇 시나 되었을까? 해는 벌써 기울었다. 딸각. 문이 열린다. 두성이다. 그가 샌드위치가 담긴 접시를 협탁 위에 내려놓는다. 돌아서는 그를 붙든다. 나는 다급히 그에게 말한다.

"이건 범죄예요."

그가 돌아본다.

"당신들은 범죄 행위를 하고 있다고요."

두성이 당황한 듯 복도 쪽으로 시선을 던진다.

"당신들이 지금 얼마나 무서운 짓을 저지르고 있는지 알아요? 언제까지 이럴 수 있다고 생각해요? 이제라도 날 보내 줘요. 반디도요."

나는 무릎을 꺾고 그에게 매달린다. 그가 내 손을 뿌리친다.

"부탁이에요. 우릴 보내줘요. 반디는 겨우 열두 살이에요. 이러면 안 되잖아요!"

왈칵, 문이 열린다. 태민이다. 그의 한쪽 입꼬리가 말려 올라간다. 야비한 미소가 그의 입가에 걸린다.

"넌 기회만 있으면 수를 쓰는구나."

태민의 얼굴이 한쪽으로 기운다.

"제대로 맛을 못 봤다 이거지?"

시선은 내게 둔 채 그가 두성에게 말한다.

"반디 오라고 해."

두성이 머뭇댄다. 태민이 그를 돌아본다.

"이 새끼가 점점……."

두성이 마지못해 문밖으로 나간다. 그의 뒷모습에서 태민이 한동안 눈을 떼지 않는다. 입속말을 중얼거리며 그가 나를 돌아본다. 유리알 같은 눈동자가 내 눈앞에 떠 있다.

반디와 두성이 들어온다. 반디는 이미 떨고 있다. 차렷 자세로 서서 그녀는 두 팔을 겨드랑이에 바짝 붙인다. 단발머리, 알록달록한 스웨터, 짧은 치마, 발목까지 오는 가로줄 무늬 레깅스, 그리고 앙상한 맨발. 스웨터에 달린 사각 주머니 안이 무언가로 도톰하다.

태민이 반디를 후려친다. 반디가 나동그라진다. 나는 휘청대며 일어선다. 두성이 나를 잡는다. 태민이 반디를 일으킨다. 반디의 스웨터가 벗겨질 듯 늘어진다. 스웨터 주머니 안에서 무언가 빠져나온다. 팔랑, 팔랑 날린다. 저게 뭐지? 저게 뭐야?

두성

(1월 5일)

태민은 점점 더 역겨운 짓을 한다. 수리아가 오고 난 후 더 하는 것 같다. 그녀의 말이 맞다. 이것은 범죄다. 반디와 새벽이, 수리아에게 가해지는 이 모든 행위는 범죄다. 나는 그런 그를 보고만 있다. 말리지 않는다. 그의 턱주가리를 박살 내지도, 발목을 부러뜨리지도 않는다. 마음만 먹으면 나는 그의 목덜미를 쥐고 대문까지 질질 끌고 갈 수 있다. 그럴듯한 가면을 벗기고, 악마적인 얼굴을 세상에 공개할 수도 있다. 그럼에도 불구하고 나는 아무것도 하지 않는다. 태민이 역겨운 게 아니다. 나 자신이 역겹다.

나는 두렵다. 내가 얼마나 큰 범죄에 휘말려 있는지 뒤늦게야 깨닫는다. 나는 범죄자다. 언제부터 선을 넘었던가? 나는 태민을 도왔다. 그가 좀 더 수월하게 미친 짓거리를 할 수 있도록 앞에서든 뒤에서든 진공청소기 노릇을 했다. 꺼림칙할 때가 있었다. 그럴 때는 당사자가 아니니 발뺌할 수 있다고 생각했다. 하지만 그게 아니었다. 나는 납치와 감금을 도왔고, 폭행을 눈감았다. 그와 함께 범죄를 저질렀다. 나는 공범자다. 어떻게 해야 하나? 나는 나를 고발할 수 있을까?

태민의 한 손이 반디의 턱을 잡는다. 그의 다른 한 손이 반디의 뺨을 갈긴다. 반디의 얼굴에 붉은 손바닥 자국이 찍힌다. 수리아가 몸부림친다. 나는 멍청이처럼 서서 수리아의 두 팔을 잡고만 있다. 반디는 낙엽처럼 뒹군다. 태민이 반디를 일으킬 때마다 반디의 스웨터는 고무줄처럼 늘어난다. 스웨터가 반쯤 벗겨진다.

그림 종이들이 빠져나온다. 반디의 스웨터 주머니 속에 있던 종이들이다. 반디가 이리 구르고 저리 구를 때마다 더 많은 그림 종이들이 빠져나온다. 돌멩이를 쌌던 그림 종이들. 싹싹 펴서 그림책처럼 넘겨보았던 종이들. 종이 속의 돌멩이로 반디는 혼자 공기놀이를 했다.

문득 조용하다. 비통하게 울부짖던 수리아가 돌연 울음을 멈춘다. 태민이 돌아본다. 반디는 고꾸라진다. 수리아의 눈이 색색의 그림 종이 위를 더듬는다. 파란 양 두 마리, 졸고 있는 북극곰, 구두장이 할머니, 노란 장화 한 짝, 제빵사 고양이…… 수리아는 그림 종이들을 보다가, 구르다 멈춘 반디를 보다가, 태민을 보다가, 나를 보다가, 어두워진 창밖을 본다. 이 방 안에서 일어나는 끔찍한 행위와 내게 붙들린 채 꼼짝할 수 없는 지옥 같은 상황과 그럼에도 불구하고 이제라도 이 모든 것을 제대로 파악해야겠다는 듯, 어떤 의지로, 그녀는 사방을 두리번거린다.

호랑

(1월 5일)

어제 날짜로 나는 실업자가 되었다. 천 이사에게 해고당했다.

나는 태민이 수리아에게 한 짓을 박 원장 부부에게 털어놓았다. 경찰이 함께 있던 자리였다. 수리아가 실종된 지 보름이 되어간다. 함구만 하고 있을 수는 없었다. 사태를 제대로 파악해야 경찰도 박 원장 부부도 방향을 잡을 수 있다. 그래야 시간을 낭비하지 않는다.

믿을 수 없다는 눈으로 천 이사가 말했다. "셰프님, 큰일 날 소리를 하시네요? 셰프님이 태민이를 아세요? 걔 그런 애 아니에요. 셰프님 눈으로 보셨어요? 수리아 말만 듣고 그러시는 거잖아요? 직접 본 것도 아니면서 어떻게 본 것처럼 얘기하세요?"

천 이사는 괜히 그러는 게 아니었다. 그녀는 정말로 태민이 괜찮은 청년이라고 믿고 있었다. 물론 그녀의 기준이다. 그녀가 말했다. "제가 그 아이를 알고 지낸 게 얼만데요? 그런 애 흔치 않아요. 통 크고 군더더기 없는 애예요. 여자애들한테 얼마나 인기가 많은데요. 셰프님도 보시면 아시잖아요?

잘생겼죠, 집안 좋죠, 외제 차 몰죠, 돈 쓰죠, 인간성 좋죠. 여자애들이 안 좋아하고 배겨요? 걔 쫓아다니는 애들 많아요. 요샌 여자애들이 더 적극적이더라고요. 수리아도 그중 하나였네요? 수리아가 제가 좋아서 태민이 방에 들인 거 아니에요? 집 나간 것도 제 발로 걸어 나간 거고요. 태민이가 끌어냈대요? 그리고 아시는지 모르겠지만, 수리아 걔 돈 있어요. 상금 탄 거. 돈 있으니 겁도 안 나죠. 근데 그걸 태민이 탓으로 돌려요? 그 애 부모한테 무슨 소리 들으시려고요? 걔 아빠 국회의원인 거 모르세요?"

국회의원이라는 말에 경찰의 표정이 달라졌다. 국회의원 누구냐고 묻자 천 이사가 이름을 대주었다. 요즘 들어 좋지 않은 일로 입방아에 오르내리는 국회의원이었다. 경찰은 보일 듯 말 듯 눈썹을 움찔거렸다. 저런! 벌써부터 부담스러워하는 눈치라니. 거품이라도 꺼지는 것 같군. 저러다 손 놓을라. 나는 어쩔 수 없이 언젠가 들었던 태민과 백기의 대화를 공개했다. 누가 들어도 수상쩍은 대화를.

천 이사의 얼굴이 토마토처럼 붉어졌다. 그럴 수밖에 없었다. 이제 백기까지 끌어들인 셈이니. 미안하지만 나는 한 술 더 떴다. "근데 두 사람이 스마트폰을 들여다보고 하는 말 같던데, 무슨 영상이라도 보는 것처럼요. 무슨 영상인지 원⋯⋯." 천 이사의 벌어진 입이 다물어지지 않았다. 그녀의 눈에 핏발이 섰다. 충격으로 쓰러실까 서성스러웠다. 나는 그 자리에서 해고당했다.

출근 준비를 끝낸 중산이 거실 한가운데 어정쩡히 서 있다. 장갑까지 끼고 두 손을 맞잡은 채 곰곰 생각하는 눈치다. 보나 마나 내가 해고당한 걸 생각하는 중일 테지. 언제쯤 내가 일자리를 구할까 하고.

그건 그렇고 마음이 편치 않다. 괜히 말했던 걸까? 말하지 말았어야 했나? 태민과 수리아 사이에 있었던 일을 말한 게 박 원장 부부와 경찰에게 괜한 상상을 불러들인 건 아닐까? 남자관계에 얽힌 아이. 남자를 제 방으로 불러들이고, 방문을 닫을 수 있는 아이. 거기엔 천 이사의 "요샌 여자애들이 더 적극적이더라고요"도 한몫 거드는 것 같았다. 얌전한 척하면서 먼저 꼬리를 쳤다는 거지.

학교에서 떠돌았다는 수리아에 관한 소문도 불리하게 작용하고 있다. 경찰은 학생들 사이에 있었던 소문이, 다는 아니더라도, 아예 없는 이야기는 아닐 거라고 믿는다. 그들은 '어쨌든 평판이 좋지 않은 아이'로 수리아를 낙인찍었다. 수리아의 실종을 자발적 가출로 몰아가고 있는 건 말할 것도 없다.

"수리아가 가출했다?"

중산이 중얼거린다. 나는 속으로 코웃음을 친다. 내 일자리 생각만 했던 건 아니었군. 근데 뭐라고? 가출? 중산도 가출에 무게를 싣는 건가?

"당신까지 그렇게 생각해?"

중산이 나를 본다.

"그 다이어린가 뭔가에 쓰여 있다는 말이 좀 그렇잖아?"

"애들이 한 번쯤 하는 말이야."

"행동으로 옮기는 애들도 있지."

"수리아는 그런 애가 아니야."

"당신이 어떻게 알아?"

"그동안 봐왔으니까 알지."

그에게서 가느다란 콧김이 새어 나온다.

"그런 말들이 쓰여 있을 거라고 짐작이나 해봤고?"

경찰과 박 원장 부부가 수리아의 실종을 가출로 믿는 건, 수리아의 다이어리 때문이기도 하다. 경찰은 수리아의 방에서 다이어리를 찾아냈다. 그 안에서 가출에 무게를 둘 만한 말들만 골라냈다. '독립', '멀리뛰기', '어른이 되고 싶다', '학교에 가기 싫다', '벗어나고 싶다', '언제?', '어떻게?', '내 길 찾아가기', '엿 같은 세상', '설렘'.

나는 씩씩거린다.

"악마적 편집이야."

"없는 말은 아니잖아?"

게임 끝, 이라는 듯 중산이 현관으로 향한다.

"출근해야 해."

나는 외투를 입는다. 자동차 키를 주머니에 넣는다. 가방을 챙기고, 가방 속 돌멩이를 확인한다. 엘리베이터를 타며 중산이 묻는다.

"박 원장 아들은 뭐래?"

"천 이사 말로는 펄쩍 뛴다지?"

"그렇겠지."

"펄쩍 뛰는 걸로 모면해보겠다 이거지."

"그쪽 입장에서야 당연하지."

"사람은 그러는 게 아냐. 상대가 말이 되는 소리를 하면, 일단 듣고, 자기가 안 하던 생각도 할 줄 알아야 하는 거야. 덮어놓고 펄쩍 뛸 게 아니라. 내가 없는 얘기를 한 게 아니잖아?"

주차장으로 향한다. 날은 춥지만 햇빛은 화창하다. 이렇게 좋은 날, 어디에선가, 우리가 모르는 일이 벌어지고 있다.

"그래서 오늘은 경찰서에 가게?"

"물론이지."

자동차 문을 연다. 나는 운전석에 앉고, 중산은 조수석에 앉는다. 중산이 말한다.

"경찰서에 출근 도장 찍겠군."

"못 찍을 건 또 뭐 있고."

단지를 빠져나와 8차선 도로를 달린다. 네 블록 지나 중산을 지하철 입구에 내려준다. 겨울 대기 속으로 중산이 총총

멀어진다. 나는 경찰서로 달린다.

"알아보고 있는 중입니다."

경찰이 말한다. 나는 묻는다.

"만나보기는 하셨나요?"

"누구요?"

"김태민이요."

"통화했습니다. 그때 이후로 본 적이 없다더군요."

"그걸로 끝인가요?"

"그럼 뭐가 더 있습니까?"

내 입에선지 코에선지 바람 비슷한 것이 터져 나온다.

"그럼 뭘 알아보고 있는 중이라는 겁니까?"

"10대 아이들이 있을 만한 장소를 알아보고 있어요. 쉼터 같은 데요. CCTV 확인 중이고요. 마지막으로 집에서 나간 날짜는 12월 22일이 맞아요. 열한 시 좀 넘어서요. 지하철 탄 거 확인했고, 내린 곳은 아직입니다."

"어떻게 아직이죠? 사방이 CCTV 천진데?"

"지하철 타는 사람이 한둘입니까? 역은 또 한둘이에요? 노선을 갈아탈 수도 있잖아요? 갈아탔다면 어느 노선으로 갈아탔을까요? 한 번 갈아탔을까요, 두 번 갈아탔을까요? 아세요?"

경찰이 핀잔하는 눈으로 나를 본다. 딴은 그렇기도 하다.

하지만 그게 다가 아니다. 내 할 말은 끝나지 않았다.

"가출이라고 믿으시는 거죠?"

"아시는지 모르겠지만 요새 아이들 가출해서 자기들끼리 모여 살기도 하고 그래요."

"혼자 있는 걸 좋아하는 아이예요."

"그 친구에 대해 다 아시는 것처럼 말씀하시네요?"

"알 만큼 알지요."

"요샌 내 자식 속마음도 모르는 세상이에요. 아이들이 부모한테 다 얘기하는 줄 아십니까? 하물며 남의 자식을 안다고요?"

"가출이 아니라 납치일 수 있다는 말이에요. 제 발로 걸어나간 건 맞지만, 무슨 일이 생겨서 감금돼 있을 수 있다고요. 그럴 만한 정황도 있잖아요? 그것만으로도 피의자 조사를 해야 하는 것 아닌가요?"

경찰이 눈살을 찌푸렸다. 답답하다는 듯 그가 말했다.

"순서가 어떻게 될까요? 피의자라고 말씀하셨으니 그럼 피해자가 있어야겠네요? 근데 피해자가 없어요. 그러니 피해자를 먼저 찾아야죠. 피해자를 찾고, 피해자가 가해자를 지목해서 신고하면 그때 조사해야죠."

"그러니까 그 집에 가보라는 말씀입니다. 들어가서 구석구석 찾아보시라고요."

"큰일 날 소리를 하시네! 남의 집에 그렇게 막 들어갈 수 있는 게 아니에요. 영장이 있어야죠. 더구나 상대는 정치인입니다. 자칫 잘못했다간 시끄러워져요."

"정치인이 뭐 대단하다고요?"

경찰이 손을 내젓는다.

"그러지 말고 기다리세요. 기다리시라고요."

그가 등을 돌린다. 그러다가 휙 돌아본다. 그의 양 눈썹이 갈매기 날개처럼 올라간다.

"근데 선생님은 그 학생 식구도 아니지 않습니까? 그 아이 부모님은 저희를 믿고 기다려주시는데 선생님은 왜 그러세요?"

여기서부터

수리아

(1월 7일)

　이틀 만에 반디를 본다. 그녀는 내게 줄 수프와 빵을 가지고 왔다. 눈자위는 거뭇하고, 뺨에는 손자국이 뚜렷하다. 검고 어두운 눈은, 너무 일찍, 세상 끝 어딘가를 보아버린 것만 같다. 안아주고 싶은데 차마 용기를 내지 못한다. 지난번처럼 뿌리칠까 봐. 말을 거는 것조차 조심스럽다. 그래도 묻지 않을 수 없다.

　"물어보고 싶은 게 있어, 반디야."

　반디가 나를 쳐다본다.

　"저번에 그 그림 종이들. 어디서 난 건지 말해줄 수 있어?"

　반디의 눈에서 전에 보았던 무늬를 본다. 또래 소녀들의 눈에 깃드는 무늬. 열두 살 소녀의 눈에서 보이는 반짝임. 아롱지는 그녀의 슬픔까지.

　"두성 오빠가 줬어요."

　반디가 말한다.

　"누가 던진대요. 매일. 공깃돌을 꽁꽁 싸서. 현관문 앞에."

　뜨거운 것이 복받쳐 오른다. 호랑 아줌마다. 호랑 아줌마가 나를 찾는다. 그림 종이에 싼 공깃돌을 태민의 집에 던질 사람은 호랑 아줌마뿐이다. 태민과 나 사이에 있었던 일을 아는 사람도 호랑 아줌마뿐이다.

이면지 묶음은 주방 어디엔가 늘 있었다. 호랑 아줌마는 거기다 장을 볼 목록을 썼다. 토마토, 아보카도, 올리브유, 멸치……. 나와 함께 수산시장을 갔던 날도 그랬다. 그림 종이 뒷면에 문어와 다시마, 건새우와 황태가 쓰여 있었다. 한 자, 한 자, 서두르지 않고 눌러쓴 글씨였다. 들여다보고 있자면 호랑 아줌마의 올곧으면서도 정겨운 마음이 느껴지는 글씨체. 뒷면에는 제빵사 고양이 그림이 있었다. 흰 모자를 쓰고, 흰 앞치마를 두르고 있던 까만 제빵사 고양이.

산티아고 노인을 떠올린다. 《노인과 바다》에 나오는 어부다. 그는 고기를 낚지 못해 망망대해를 떠돈다. 84일 만에 그는 거대한 청새치를 잡는다. 잡은 청새치를 끌고 그는 집으로 돌아온다. 오는 길에 상어 떼를 만난다. 죽을힘을 다해 싸우지만, 고기는 상어 밥이 된다. 노인에게 청새치의 뼈만 남는다. 빈손으로 돌아온 노인을 소년 마놀린이 반겨준다. 지친 노인이 소년에게 묻는다. "사람들이 날 찾았니?" 소년이 대답한다. "물론이죠. 해안경비대와 비행기까지 동원됐어요."

갑자기 외롭지 않다. 누군가가 나를 찾는다. 나는 혼자가 아니다. 지느러미를 잃고 목이 댕강거리는 채 가라앉는 상어가 아니다. 나를 찾는 사람이 있다. 내게도 노든이 있는 거다. 여기가 끝이 아니라고 말해주는 사람. 부서지고 찢겼지만,

부서지고 찢긴 채 일어서면 된다고 말해주는 사람. 상처를 들여다봐주고, 약을 발라주고, 옷에 묻은 흙을 털어주고, 움츠러든 어깨를 잡아줄 사람. "자, 어깨 펴고!"라고 말해줄 사람. 모르고 있었을 뿐이다.

얼마 전 태민이 말했다. "경찰이 전화했더라? 너 아냐고? 안다고 했지. 네가 없어졌대. 봤냐고 묻더라? 못 봤다고 했지. 알았다고 끊더라? 근데 어떻게 알고 전화했지? 냄새를 맡았나? 어떻게 맡은 거지?" 그가 싸늘하게 웃었다. "근데 그래 봤자야." 방을 나가기 전, 그는 핸드폰을 꺼냈다. 그 안에 담긴 영상을 내게 보여주었다. 누가 보아도 알아볼 수 있는, 내 모습이 찍힌 영상이었다.

문밖에서 소리가 난다. 2층에서 나는 소리다. 태민이 환호성을 지른 것 같다. 반디의 눈동자가 잠깐 위쪽을 향했다가 내게 돌아온다. 반디가 말한다.

"게임 해요."

그런 반디에게서 나는 희망을 본다.

"반디야, 우리 여기 있으면 안 돼."

나는 용기를 내머 말을 잇는다.

"여긴 우리가 있을 곳이 아니야."

반디가 조용히 나와 눈을 맞춘다. 반디가 말한다.

"새벽이도요."

"새벽이? 새벽이가 누구야?"

반디에게서 새벽이와 할머니 얘기를 듣는다. 태민의 악마성에 다시 한 번 치를 떤다. 나는 반디의 두 손을 잡는다. 반디는 뿌리치지 않는다. 나는 말한다.

"새벽이도 가는 거야. 우리 셋이 여길 나가는 거야. 나가야 해."

반디가 머뭇거린다. 그녀가 말한다.

"신발이 없어요. 오빠가 버렸대요. 내 신발까지 다."

눈물이 쏟아져 나온다. 나는 반디의 앙상한 어깨를 끌어안는다. 그녀의 귀에 대고 외치듯 속삭인다.

"신발 따위 없어도 돼!"

두성

(1월 7일)

엄마의 문자다. '돌아오니? 아직인 거니? 희성이 부쩍 형아 찾는다. 아빠는 배달하신다.' 나를 찾는 희성이. 배달하는아빠. 아빠는 일어선 걸까? 본래의 아빠로 돌아온 걸까? 아빠를 일어서게 한 건 무얼까?

태민이 누군가와 통화한다. 그가 말한다.

"그 새끼 맛 좀 보여줘. 너무 티 나게는 말고."

전화를 끊고 그는 중얼거린다.

"닥치고 찌그러져 있을 것이지……."

그가 나를 힐끗 본다.

"안경원 새끼 빈털터리 됐으면 죽치고 자빠져 있을 것이지 뭐 하나 봐? 지역 상인들 협회랑 무슨 단체랑 뭐 한다네? 인터뷰하면서 건물주 욕하고?"

태민이 코웃음 친다.

"해보라고 해. 대갈통이든 어깨든 한번 박살 나봐야 정신차리지."

나 들으라고 하는 얘기다. 그는 내 사정을 뻔히 안다. 태민을 만났던 첫날, 그때만 해도 나는 태민을 몰랐다, 나는 우리

가족이 겪었던 일을 그에게 털어놓았다. 건물주가 보증금을 대폭 올리고 월세를 네 배로 올렸던 일, 강제 퇴거 과정에서 있었던 무지막지한 폭력, 끝나지 않을 것 같던 재판과 아빠의 감옥 생활, 출감 후 변해버린 아빠의 모습까지. 일말의 동정심을 기대했을 터였다. 위로받고 싶었겠지. 그는 그때 나를 동정했다. 나는 그의 동정이 진심이라고 생각했다. 후회스럽기 짝이 없다. 그에게 내 말이 얼마나 우스웠겠나.

태민이 말한다.

"네 사정도 있고 해서 이번엔 다른 애 보낸다. 안경원 새끼건. 그런 줄 알아."

그가 자리에서 일어나 거실을 나가다 문득 생각났다는 듯 뒤돌아본다.

"저녁에 써니 와. 하와이에서. 당분간 집에 있을 거야."

호랑

(1월 7일)

빵나무 카페 주차장에 차를 세운다. 중산과 나는 태민의 집을 지켜본다. 뜨거운 코코아를 홀짝인다. 빵나무 카페 시그니처 음료다. 맛이 제법 풍부하다. 작전을 세운답시고 중산과 나는 머리를 굴린다. 태민의 집에 어떻게 쳐들어갈 것인가를 두고. 중산은 아직도 내켜하지 않는다.

"걸리면 어떻게 되는 줄 알지?"

"가만히 있으면 애가 어떻게 되는 줄 알지?"

"그래도 신중해야지."

"경찰이 충분히 신중하고 있어. 신중하다 못해 졸 지경이야."

오전에 경찰서에 갔다. 진전은 없었다. 나는 욱하고 말았다. 삿대질을 해가며 경찰과 한판 붙었다. 화를 돋울 만한 말들을 골라서 했고, 어떻게든 신경을 긁어놓았다. 미성년자 실종을 가출로 몰아간다고, 민중의 지팡이랍시고 그럴듯한 제복만 챙겨 입었다고, 세금이 아깝다고, 일하기 싫으니 시간만 보낸다고, 성폭력 신고를 주차위반 딱지만도 여기지 않는다고, 정치인 자식이어서 그러냐고, 그러고 보니 당신네들

수상하다고, 등등. 말하는 동안 통쾌했다. 암, 통쾌하고말고.

담당 경찰은 화가 머리끝까지 솟았다. 그가 내게 업무방해죄를 적용하겠다고 했다. 나는 갑자기 뜨끔했다. 속으로 퉤, 하며 꼬리를 내렸다. 그쯤에서 수그러들기로 했다. 비굴하게도 사과까지 했다. 업무방해죄로 발이라도 묶이면, 수리아 구하는 일이 어찌 되겠는가? 이제까지는 돌멩이 던지는 일에 그쳤다. 하지만 좀 더 적극적으로 나서기로 한 터였다. 태민의 집에 쳐들어가기로. 나는 거기에 중산을 끌어들였다. 하나는 망을 보고, 하나는 스파이더맨이 되는 거다.

중산에게 말한다.

"들어가는 건 내가 들어가."

"당신이 무슨, 내가 들어가."

"내가 들어간다니까."

"내가 들어간다고."

나는 진심으로 다투고, 중산은 건성으로 다툰다. 누가 정범이 되고, 누가 공범이 되느냐로. 내가 말한다.

"내가 들어간다고. 둘 다 실업자가 될 수는 없잖아?"

중산이 눈을 끔벅인다.

"그래, 그럼."

중산은 역시 돈에 약하다. 아무래도 좋다. 잘 생각했다. 결정이 빨라야 에너지 소모도 적다. 그는 공무원이다. 걸리면 징계다. 잘릴지도 모른다. 몸도 시릴 것 같다. 일단 들어가면 단서를 찾을 때까지 근성을 발휘해야 하는데, 그건 내가 낫다. 게다가 나는 어차피 잘렸다. 위험 부담은 둘이다. 걸리면 무단침입죄, 다치면 병원 신세.

중산에게 말한다.

"내가 걸리면 당신은 튀어."

"아무래도 그래야겠지?"

인간성하고는. 중산답다. 그러나 어쩔 수 없다. 먹고는 살아야지. 문제는 '어떻게' 침입하느냐다. 나는 보안 카메라를 노려본다.

"CCTV부터 부숴야 하지 않을까?"

"어떻게?"

"봉으로 깨는 거지."

"그것까지 찍히지, 이 사람아!"

"스프레이 쏘는 건?"

"수준 하고는. 화면이 안 보이면 이상하게 생각할 거 아냐? 카메라 건들 생각은 마."

"그래도 CCTV를 어떻게 해야 할 것 아냐?"

"다른 방법을 찾아봐야지."

"어떤 방법?"

"일단 가자고."

"벌써?"

나는 좀 어이가 없다. 뭘 한 게 있어야지!

"뭐 했다고 가?"

중산이 신경질을 부린다.

"나 낼 출근하는 거 몰라?"

"낼 일요일이잖아?"

"우리 부서 폭탄 맞아서 주말이고 뭐고 없는 거 모르냐고!"

하긴 그렇다. 중산은 지난 주말에도 출근했다. 비리를 저지른 인간들 때문에 결국에 고생하는 사람들은 선한 사람들이다. 중산이 내뱉는다.

"가면서 얘기해."

시동을 건다. 카페 주차장을 빠져나온다. 태민의 집 앞을 천천히 지난다. 보안 카메라가 설치된 대문에 대고 나는 중얼거린다.

"수리아가 저 안에 있어, 분명히."

수리아

(1월 8일)

반디와 나, 새벽이는 오늘 이곳을 빠져나간다. 날짜와 시간을 정한 건 반디다. 오늘은 출퇴근하는 도우미가 오지 않는 날이다. 시간은 한 시에서 세 시 사이. 할머니와 새벽이가 낮잠 자는 시간이다. 태민과 두성, 두 사람이 그 시간에 어디서 무얼 할지에 따라, 오늘의 계획은 이루어질 수도, 그렇지 못할 수도 있다.

몇 시쯤 됐을까? 창밖은 눈이 시리도록 푸르다. 하얀 태양은 하늘 높이 떠 있다. 나는 초조한 마음으로 반디를 기다린다. 두렵다.

반디는 물었다. "붙잡히면요?" 나는 대답했다. "붙잡히지 않아." 반디는 다시 물었다. "그래도 붙잡히면요?" 나는 다시 대답했다. "붙잡히지 않아." 반디가 말했다. "붙잡히면 새벽이를 못 볼 거예요. 다시는." 나는 말했다. "새벽이는 우리랑 이곳을 나갈 거야." 반디는 거기서 멈추었다. 그녀의 눈은 여전히 묻고 있었다. 그래도 붙잡히면요?

반디에게 말했을 때 나는 두렵지 않았다. 이곳을 빠져나갈 수 있고, 성공할 거라고 확신했다. 두려움 따위는 없었다.

그런데 지금, 나는 두렵다. 반디를 기다리고 있는 지금, 나는 실패할까 봐 두렵고, 더 나쁜 상황에 처하게 될까 봐 두렵고, 반디의 말대로, 그녀가 다시는 새벽이를 못 보게 될까 봐 두렵다.

작은 기척이 들린다. 소리 없이 문이 열린다. 반디가 힐긋 뒤를 돌아보고 방 안으로 스며든다. 문이 닫힌다. 조금 전까지만 해도 내 안에 있던 두려움이 반디를 보자 거짓말처럼 사라진다. 반디의 눈동자가 2층을 가리킨다. 태민이 거기에 있다는 뜻이다. 두성을 따로 말하지 않은 걸 보면 그 역시 제 방에 있는 거다.

나는 반디가 갖다준, 누구 것인지 모를 검고 두툼한 스웨터를 입고, 누구 것인지 모를 검은 트레이닝 바지를 입는다. 반디는 여전히 사각 주머니가 달린 스웨터에 짧은 치마, 발목까지 내려오는 줄무늬 레깅스, 그리고 맨발.

우리는 방을 빠져나간다. 발꿈치를 올리고 복도를 따라간다. 갑작스러운 소리에 우리는 소스라친다. 문이 열리고 닫히는 소리다. 두성의 방 쪽이다. 우리는 서로를 붙든 채 꼼작하지 못한다. 다시 문소리가 난다. 조금 전보다 더 먼 곳에서 들리는 소리다. 우리는 기다린다. 얼마나 지났을까? 소리는 더 이상 들려오지 않는다. 우리는 눈을 맞춘다. 반디가 고개를 끄덕인다. 우리는 다시 발을 뗀다. 빠른 걸음으로 계단을 티고 내려간다.

지하 파티룸이다. 무대와 노래방 기계가 있고, 천장에는 크고 둥근 조명이 달려 있다. 술병이 즐비한 바와 스툴, 널찍한 소파가 보인다. 파티룸 반대편으로 우리는 살금살금 걸어간다. 복도를 따라 두 개의 문을 지나 맨 끝에 있는 둥근 손잡이를 돌린다. 길고 고요한 복도가 나타난다. 노르스름한 마루판 위로 동글동글한 불빛이 점점이 떨어진다. 우리는 복도로 발을 디딘다.

복도 끝에 다다르자 서재가 나타난다. 중후한 검은색 책장 안에 전집류의 책들이 질서 있게 꽂혀 있다. 서재의 양 끝으로 두 개의 계단이 나 있다. 반디가 왼쪽 계단으로 나를 이끈다. 계단을 오르자 넓은 거실이 나온다. 베이지색 양탄자가 깔려 있는 거실이다.

반디가 눈짓한다. 나는 고개를 끄덕인다. 반디는 거실 벽을 돌아 잠깐 사이에 모습을 감춘다. 그녀는 안방으로 가 새벽이를 데리고 나올 거다. 나는 현관으로 간다. 잠금쇠를 돌려 문을 조금 연다. 문틈으로 차가운 공기가 일시에 스며든다. 나는 깊이 숨을 들이마신다. 이곳에 갇힌 이후 처음으로 맡아보는 신선한 공기다. 이제 곧 저 밖으로 나갈 것이다.

문을 살짝 닫아놓고 신발장을 연다. 색색의 구두와 슬리퍼들 사이에서 새벽이 신발을 찾는다. 맨 아래서 두 번째 칸에 운동화 뒤축이 보인다. 나는 운동화를 꺼낸다. 파란색의 조그맣고 귀여운 운동화다. 나는 운동화를 품에 안고 신발장

문을 닫는다. 안방 쪽을 돌아본다. 반디는 새벽이를 데리고 나올 수 있을까?

안쪽에서 두런거리는 소리가 난다. 가슴이 쿵 내려앉는다. 새벽이가 칭얼댄다. 반디의 말소리가 들린다. 이어서 할머니 말소리도. 나는 소파 뒤에 숨는다. 가슴이 조여온다.

"새벽이 자다 깨서 쉬한대요."

반디다. 화장실 물 내리는 소리가 들린다. 문을 여닫는 소리도 들린다. 할머니의 잠꼬대 비슷한 소리도 들린다. 이어서 잠잠해진다. 아무 소리도 들려오지 않는다. 아무 소리도 들리지 않지만, 숨이 막힐 지경이다. 할머니가 돌연 일어나 앉으면 어떡하지? 잠을 깨웠다고 반디를 야단치면? 새벽이가 도로 잠들지도 모른다. 그사이 두성이 반디를 찾을 수도 있다. 태민이 게임을 하다 말고 1층으로 내려올 수도. 시간은 좀처럼 가지 않는다. 모든 것이 정지한 것만 같다. 숨소리조차 낼 수 없다. 반디는 무얼 하는 걸까? 나는 숨죽인 채 거실 벽 모서리를 노려본다.

거짓말처럼, 환영처럼, 반디와 새벽이가 벽을 돌아 나온다. 가슴이 터질 것 같다. 나는 재빨리 그들에게 다가간다. 새벽이 신발을 반디에게 맡기고, 나는 새벽이를 들어 안는다. 어리둥절한 얼굴로 새벽이는 제 한 손을 내 등 뒤에 올려놓는다. 다른 한 손으로는 나를 가리킨다. 반디에게 무슨 말을 하려고 한다. 반디가 새벽이 입에 손을 갖다 댄다. 나는 나를 가리키는 새벽이의 손을 쥔다. 반디가 새벽이 신발을 품에 안고 현관문을 연다. 매서운 바람이 우리의 얼굴을 때린다.

두성

(1월 8일)

집 안은 조용하다. 태민과 써니는 밤새 와인 병을 따며 놀았다. 둘은 저녁이나 돼야 방에서 기어 나올 거다. 바람 소리가 요란하다. 나는 창가에 서서 바깥을 본다. 빵나무 카페의 기다란 깃발이 주먹질이라도 당하는 듯 바람에 이리저리 패대기쳐진다. 깃봉 끝에 깃발이 둘둘 말린다.

밖으로 나온다. 옥상으로 올라와 바람 냄새를 맡는다. 목을 조이던 단추를 열어놓은 듯 답답하던 가슴이 조금은 뚫리는 기분이다. 지난 며칠간 자책과 두려움 사이에서 아무런 결론도 내지 못했다. 나는 어떻게 해야 하는가? 나는 나를 폭로할 수 있을까?

엄마의 전화다. 나는 엄마의 전화를 받는다. 받기는 하지만, 아무 말도 못 한다. 엄마가 나를 부른다.

"두성아."

내 이름을 부르는 엄마의 목소리엔 오래 묵은 고단함과 기다림, 그리움이 묻어난다. 내 안에서 뜨거운 것이 치밀어 오른다. 다시는 만나지 않을 것처럼 나는 가족을 향해 단단히 벽을 쌓았었다. 무엇을 위한 것이었을까?

"보고 싶구나, 두성아."

나는 이마를 누른다. 느닷없이 눈물이 솟구친다.

"희성이도 형 보고 싶어한다. 왜 안 보고 싶겠니……."

나는 흐느낀다. 내 울음소리가 엄마에게 닿지 않도록 나는 입에 주먹을 갖다 댄다.

"아빠도 기다리신다."

엄마의 목소리가 조금 밝아진다.

"아빠 많이 달라지셨다. 건강도 좋아지셨어. 장사는 그럭저럭 된다. 요샌 배달이 많아. 아빠가 배달해주시니 먹고산다. 먹고살면 되는 거 아니니?"

엄마가 후, 숨을 토한다. 가볍고 후련한 숨이다. 무거운 짐을 내려놓고 토해내는 숨.

"아빠 그 일 다 털어내셨다. 더는 생각하지 않으셔. 체념해서 그러는 거 아니다. 그냥 털어내셨어. 살다 보면 역경도 있는 거다. 힘들지. 처음엔 그것만 생각하게 된다. 힘든 거. 그렇게 되더라. 억울하고 분하고……. 근데 가만히 생각해보니, 그 안에 우리가 있더구나. 우리 가족이. 그게 보이더라, 나중에서야. 다 같이 힘드니까 우리끼리 서로 위로해주면 되는 건데, 각자 고통에 힘들어했던 거지. 힘들고 속상한 마음, 식구들끼리 알아주면 그걸로 살아지는 건데……. 아빠 이제 아빠로 돌아오셨다. 니들 눈에 예전만 못하겠지만, 그래도 아빤 아빠다. 아빠가 너 기다리신다. 보고 싶어하셔. 옛날 일 다

지나갔다. 다 지나간 일이 우릴 계속해서 갈라놓으면 안 되지. 엄마나 아빠, 우리 큰아들 버젓이 있는데 없는 것처럼 살수 없고, 우리 희성이, 제 형 버젓이 있는데 없는 것처럼 살수 없다."

엄마는 가게에서 테이블 하나 정도 떨어진 곳에 있는 듯 말한다. 바람결에 들은 얘기를 전하듯 태연히. 시금치나 쪽파를 다듬으며 말하듯 무심히.

"들어와라, 두성아. 기다리마."

엄마가 전화를 끊는다. 바람이 휘몰아친다. 나는 온몸으로 바람을 맞는다. 빵나무 카페 깃봉에 볼품없이 말려 있던 깃발이 반대 방향에서 불어오는 바람에 자다 깬 듯 뒤척인다.

나는 다시 시작할 수 있을까?

호랑

(1월 8일)

　디데이다. 오늘을 넘길 수 없다. 중산의 마음이 언제 변할지 모른다. 오늘 아침에도 툴툴거렸다. 꼭 해야겠냐느니, 어쩌니, 하면서.

　돌을 던진다고 밤낮없이 집과 카페를 오가는 내게 중산은 비아냥댔다. "아예 잠복근무를 서지 그래?" 나는 말했다. "교대로 서자, 남편." 어림없다는 듯 중산이 눈알을 굴렸다. 인색한 남편 같으니라고. 그럼에도 불구하고 중산이 고맙다. 어쨌든 공범이 되어주기로 했으니. 남는 것도 없는데 범죄에 가담해줄 자를 어디서 찾겠나?

　그래놓고 중산은 흔들린다. 조금 전 통화할 때도 그랬다. "기어이 해야겠어?" "하기로 했잖아?" "말이 그렇지 이건 범죄라고." 한숨이 나오려는 걸 가까스로 눌렀다. "용기를 내, 남편. 용기란 아름다운 거야." 중산이 짜증을 냈다. "용기를 낸다고 걱정이 안 되는 건 아니잖아!" 진짜 하고 싶은 말은 따로 있었을 거다. 용기를 낸다고 무섭지 않은 건 아니잖아! 중산은 구시렁대며 전화를 끊었다.

　1분 만에 중산은 다시 전화했다. "걸려서 우리만 깨지는 거 아냐?" 하, 나, 참, 내, 원! 나는 놀람과 한탄과 푸념과 통탄과 어이없음을 한꺼번에 나타내는 말이 어디 없나, 생각하며 이어지는 그의 말을 들었다. "그 집 식구들 사고 치고 감옥에 들어간 거 봤냐고?" 장탄식이 나오려는 걸 참고 나는 말했다. 분명하고도 확실한 어조로. 이럴 땐 분명하고도 확실한 어조가 중산에게 약이 된다. 일종의 플라시보 효과. "지금까지는 태평성대였지. 근데 저쪽도 지금 사정이 별로야. 맨날 뉴스에 오르내리거든. 태민이까지 뭔 일에 연루됐다면, 장담하건대 이번만큼은 빠져나가지 못해." 듣고 있던 중산이 길게 한숨을 내뱉었다. 그가 전화를 끊었다. 나야말로 길게 한숨이 나왔다. 꺼진 전화기를 내려다보며.

그래도 기분은 좋다. 중산과 나는 머리를 맞대고 작전을 세웠다. 어떻게 태민의 집에 침입할 것인지에 대해. 가장 좋은 방법은 빵나무 카페 주차장에서 산울타리를 넘어가는 거다. 그쪽이라고 CCTV를 피해 갈 수는 없다. 그래도 어둑해서 대놓고 보이는 곳은 아니다. 산울타리를 훼손해야 하는 게 마음에 걸리지만, 어쩌겠나……. 용서해라, 산울타리야. 너도 살아 있는 존재거늘.

중산과 나는 튼튼한 전지가위와 작은 삽과 삼밧줄 30미터를 준비했다. 밧줄은 1미터마다 매듭을 지었다. 가로등에 밧줄을 묶고 산울타리 틈을 따라 내려가면 안전의 위험은 없다. 울타리 너머 옹벽 위에 장식용 돌이 박혀 있어 수월하기

까지 하다. 망을 보는 쪽과 태민의 집 사이가 최단 거리인 이
점도 있다. 이 정도면 완벽하다.

다시

맨발로

수리아

(1월 8일)

발바닥의 감각이 조금씩 둔해진다. 바람은 숨 돌릴 틈을 주지 않는다. 사정없이 얼굴에 칼금을 긋는다. 새벽이가 내 목에 대고 기침을 한다. 나는 새벽이를 더 바짝 끌어안는다. 아이의 차가운 머리통이 내 목에 닿는다. 반디의 손은 여전히 잠금장치 위에 가 있다. 그녀는 확고하다. 갈 거예요. 쫓아와도 우리는 갈 거예요. 다시는 저 안에 들어가지 않아요. 두성에게 반디의 소리가 들릴까?

엄마가 했던 말이 생각난다. 엄마는 멀리뛰기라고 했다. 착지할 데가 보이는 사람은 멀리 뛰게 돼 있다고. 반디는 안다. 반디와 새벽이가 지금 멀리 뛰어야 한다는 걸.《빌리 서머스》가 있는 나의 방으로 내가 뛰어야 하는 것처럼.

두성에게 실낱같은 희망을 걸어본다. 이제 그만 그의 마음이 올바른 방향으로 움직이기를. 누군가의 그림자로 살 것이 아니라, 문득문득 이게 아니라는 생각만 할 것이 아니라, 신발을 벗어 던지듯, 태민에게서 벗어나기를. 그의 범죄를 묵인해왔던 두려움을, 그것을 고발하는 용기로 바꾸기를.

콧속에 성에가 낀 것만 같다. 숨을 들이쉬고 내쉴 때마다 바늘로 찌르듯 따갑다. 두성은 전봇대처럼 서 있다. 표정을 읽을 수가 없다. 나는 새벽이 머리 위에 놓여 있던 손을 반디의 앙상한 손 위에 얹는다. 반디와 내 눈이 만난다. 우린 가는 거야. 반디가 끄덕인다. 우리의 손이 잠금장치 위에서 움직인다. 두성이 한 발짝 앞으로 나온다. 우리는 그에게서 시선을 떼지 않는다. 반디와 나의 손이 잠금장치를 돌린다.

찰칵. 문이 열린다. 우리가 잠금장치를 돌리기 전, 두성의 리모콘이 먼저 작동했다.

두섬

(1월 8일)

저들은 달린다. 맨발로. 바람 속을 달려 저들은 언덕을 뛰어 내려간다.

나를 보던 저들은 절박했다. 절박함을 절망으로 바꾸는 게 내 역할이었다. 나는 그 역할을 포기했다. 저들은 겁먹지 않았다. 떨고는 있었지만, 겁먹지 않았다. 저들은 확고했다. 여긴 우리가 있을 곳이 아니야. 저들은 저들이 속해야 할 곳으로 떠났다.

희끗희끗 눈앞을 어지럽히는 게 있다. 눈이다. 얇고 가볍고 뒤뚱뒤뚱 내리는 눈. 바람이 서서히 누그러진다. 사방이 조용하다. 나는 홀로다. 나는 어떤 소리에 귀를 기울인다. 세상에서 가장 나직한 소리. 바람이 숨죽이고 있는 소리. 바삭거리는 눈 소리, 그리고 내 숨소리.

내 세포 하나하나가 살아 있음을 느낀다. 나는 새로운 나를 느낀다. 크나큰 실패감과 그럼에도 불구하고 그것을 딛고 일어서려는 나. 나는 지금 여기 있다. 내가 있는 곳은 세상의 한가운데다. 그게 아니라고 누가 말할 수 있겠는가. 나는 세상의 한가운데서 내 삶에 대해 결정을 내리려 한다. 올바른

쪽을 향해 내리는 결정.

돌연 바람이 인다. 바람이 이리저리 방향을 바꾼다. 내리던 눈송이들이 공중으로 솟구친다. 좌우로 달음박질한다. 빙그르르 곡예를 돈다. 내 뺨에 몰아친다. 눈송이 따귀. 나는 내게 묻는다. 준비됐지?

차가운 공기를 들이마신다. 가슴이 시원하게 뚫린다. 바람이 부는 쪽으로 눈송이들이 몰려간다. 나는 그들의 뒤통수를 바라본다. 깃봉에 말려 있던 빵나무 카페 깃발이 바람에 멋드러지게 풀리더니 힘차게 펄럭인다.

나는 세 사람이 사라진 방향으로 눈을 돌린다. 내게도 가야 할 곳이 있다. 내가 속해야 할 곳이다. 눈송이들이 제 갈 길을 찾아가듯, 세 사람이 그들이 속해야 할 곳으로 달려가듯, 나도 내가 가야 할 곳이 있다. 나는 오늘 그리로 간다. 가기 전에 들러야 할 곳이 있다. 내가 침묵하고 있던 일에 대해 대가를 치르려 한다. 나는 이제 두렵지 않다.

수리아

(1월 8일)

눈물이 뺨을 타고 흐른다. 우리는 달린다. 통나무처럼 감각이 없는 발로 우리는 달린다. 우리는 지옥을 탈출했다. 기뻐해야 한다. 그런데 왜 눈물이 나는 걸까? 왜 다시 불안해지는 걸까?

이제 자유라고 생각했다. 모든 것이 괜찮아질 거라고 믿었다. 그곳에서 있었던 끔찍한 일들은 더 이상 일어나지 않을 터였다. 얼굴에 와닿는 눈송이가 깔깔깔 웃음소리 같았다. 하지만 그게 다일까? 지옥을 탈출했으니 상처는 아무는 걸까? 두려움은 더 이상 없는 걸까? 끔찍한 기억은 사라지는 걸까? 우리는 괜찮아질까?

괜찮지 않다. 우리는 다시 아플 것이다. 찢긴 상처를 들여다보고, 또다시 그 일을 겪을 것이다. 지옥을 탈출했지만, 마음속의 지옥은 고스란히 남아 있다. 어떻게 해야 할까? 눈물이 멈추지 않는다. 반디가 나를 올려다본다. 가쁜 숨을 토해내며 그녀가 묻는다.

"울어요?"

"응."

"왜요?"

나는 대답하지 못한다. 우리는 괜찮아질 수 있을까? 버틸 수 있을까? 반디야, 버틸 수 있겠니? 괜찮아질 때까지 버틸 수 있겠니? 반디의 얼굴에 웃음이 가득하다. 그녀가 묻는다.

"기뻐서요?"

"응?"

"우리가 해냈잖아요."

"응, 해냈어."

"그러면 기쁨의 눈물이네요?"

나는 울음을 터뜨린다. 소리 내어 엉엉 운다. 내가 우니까 반디가 따라 운다. 반디가 우니까 새벽이도 운다. 우리 셋은 울면서 달린다. 울다 보니 울음은 웃음으로 변한다. 나도 웃고, 반디도 웃는다. 새벽이만 운다. 큰 소리로.

"반디야, 우린 괜찮아질까?"

"네."

"정말 괜찮아지겠지?"

"네!"

눈송이들이 얼굴에 마구 부딪힌다. 차고 유쾌한 눈송이들. 우리는 실눈을 뜨고 달린다. 정말 괜찮아질까? 아직은 모른다. 우리는 모르는 게 많다. 앞으로 알아갈 거다. 알아가는 길이 우리를 또 아프게 할지 모른다. 생각보다 길게 아플지도 모른다. 그래도 맞서기는 해야 한다. 반디의 말대로 우리는 해낸 게 있다. 우리는 지옥을 벗어났다. 힘이 있다는 거다. 또 하나를 벗어나는 일이 남았다. 두 번째 징검다리를 건너는 일. 그럼 그 일을 하면 된다.

숨이 턱까지 차오른다. 우리의 입에서 앞다투어 흰 김이 뿜어져 나온다. 나는 반디에게 말한다. 바람에 묻히지 않게, 큰 소리로.

"반디야. 내가 너에게 힘이 돼줄게!"

"네!"

"너도 내게 힘이 돼줄래?"

반디가 하얗게 웃음을 터뜨린다.

"내가 힘이 돼 줄게요!"

빈 배로 돌아온 노인이 있었다. 고기를 빼앗기고 뼈만 가지고 온 노인이었다. 그에게 친구가 있었다. 소년 마놀린이었다. 그들은 이제 함께 낚시를 떠날 거다. 녹초가 된 몸을 추스르고, 망가진 도구를 고치고, 바람이 좀 잦아들면, 함께 바다로 가는 거다.

반디와 나도 해야 할 일이 있다. 두 번째 징검다리를 건너는 일이다. 마음속의 지옥으로부터 벗어나는 일. 우리는 서로에게 힘이 돼줄 거다. 힘이 돼줄 사람이 또 있다. 해양경비대와 비행기를 동원해 우리를 찾는 사람이다. 우리를 아끼는 사람이 반드시 가족이어야 하는 건 아니다. 호랑 아줌마가 보고 싶다.

호랑

(1월 8일)

눈송이들이 와르르 달려온다. 그들이 유리창에 온몸을 던진다. 나는 와이퍼를 작동시킨다. 삭삭. 물렀거라, 얘들아. 백호랑이 나가신다.

저 앞 도로 끝에서 좌회전하고, 또 한 번 좌회전하면 태민이 사는 동네다. 크고 아름다운 집들이 모여 사는 곳. 일반 버스도 마을버스도 다니지 않는 곳. 행인도 없고, 차량의 흐름마저 뜸한 곳. 동네라고 해야 할지, 섬이라고 해야 할지.

내 차는 달린다. 5년 된 산타페가 이제 막 쌓이기 시작한 눈길을 달린다. 눈이 오니 곧 푸근해지겠지? 바람만 잦아들면? 나는 빵나무 카페로 가는 중이다. 거기서 태민의 집을 지켜볼 생각이다. 중산이 올 때까지. 겨울이니 해는 빨리 진다. 해가 지면 미션에 뛰어드는 거다. 나는 머릿속에서 시뮬레이션을 해본다. 허리에 밧줄을 묶고, 옹벽을 타고, 장식 돌을 사뿐사뿐 밟으며…….

만반의 준비가 돼 있다. 산울타리에 틈을 낼 삽과 전지가위가 있고, 탄탄하게 매듭지은 밧줄이 있고, 집 안으로 침입하기 위해 유리를 자를 커터가 있고, 누구라도 상대할 호랑

이의 투지가 있고, 실패했을 때 작동시킬 플랜 B가 있다.

플랜 B. 걸린다? 그쪽에서 112에 신고한다? 그래서 경찰이 온다? 그럼 더 좋다! 경찰이 내 말을 들어줄 테니. 공개적인 자리에서 나는 낱낱이 고할 거다. 태민이 수리아에게 했던 짓거리를. 그런데 태민이 낌새를 눈치챘다? 그래서 경찰을 돌려보낸다? 그렇다면 나는 제대로 된 기자를 찾아갈 거다. 태민과 백기가 나누던 대화까지 고발할 거다. 고발하면 수사가 들어가겠지. 요새는 삭제된 문자도 살려낸다지? 디지털 포렌식이라던가? 이 일을 그냥 넘어가지 않을 테다. 절대로. 그러니 기다려라, 수리아. 호랑 아줌마가 간다. 널 위해 모두와 상대해주마. 나는 백호랑이다. 에췌!

모퉁이가 가까워진다. 도로 끝 모퉁이에서 사람의 모습이 나타난다. 둘이다. 아니, 셋이다. 둘 중 하나가 아이를 안고 뛴다. 이 동네에서 사람을 다 만나네? 나는 중얼거린다. 셋은 뒤돌아봐가며 이쪽으로 뛰어온다. 그들의 모습이 점점 가까워진다.